Festival Musical Pulmón del Mimo
por Jeffrey Brick

Se pueden comprar los libros contactando directamente al editor y el autor en: info@blueberrykaleyogabooks.com

Publisher's Cataloging-in-Publication data

Names: Brick, Jeffrey A., author. | Garcia, Ernesto, translator.

Title: Festival musical pulmón del mimo / Jeffrey A. Brick ; Spanish translation by Ernesto García ; Edited by Teresa Garza.

Description: Los Angeles, CA: Blueberry Kale Yoga Books, 2017.
Identifiers: ISBN 978-0-9988130-4-2 (Hardcover) | 978-0-9988130-5-9 (pbk.) | 978-0-9988130-6-6 (Kindle) | 978-0-9988130-7-3 (ePub) | LCCN 2017906693
Subjects: LCSH Brick, Jeffrey A. | Tokimonsta. | Popular culture—United States—21st century—Biography. | Fans (Persons)—Biography. | Popular music fans—Biography. | Mimes—Biography. | Man-woman relationships. | Science fiction. | BISAC BIOGRAPHY & AUTOBIOGRAPHY / Personal Memoirs
Classification: LCC E169.12 .B75 2017 | DDC 306/.0973/092--dc23

Blueberry Kale Yoga Books
Los Angeles, Ca

CONTENIDO

I

LA INFATUACIÓN EN LOS TIEMPOS DE LA LEY DE CUIDADO ASEQUIBLE

Berkeley

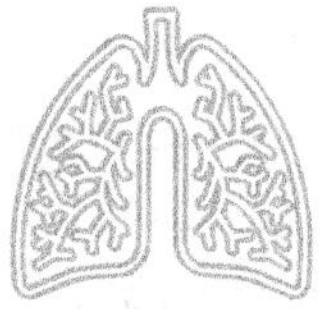

ME ENCUENTRO INMERSO en un espacio perfectamente oscuro, lleno de niebla gris. La bruma se mueve y una máquina de escribir gigante se materializa. Me encuentro dentro de la máquina. Las teclas de la máquina de escribir parecen inmensas y es como si sus martillos me atacaran. Despierto de la siesta y veo que todo fue un sueño.

Estoy en la planta superior de un hotel moderno en el centro de Oakland, California. La hermosa luz del sol de la tarde se filtra al cuarto. Bostezo y pienso que me quiero quedar, pero tengo planes de escuchar al autor Ray Kurzweil hablar en el campus de la Universidad de Berkeley, California, en un par de horas.

Abordo el tren BART desde Oakland hacia Berkeley para llegar a la plática en el campus. Me bajo del tren, avanzo hacia las escaleras y camino a los linderos de UC Berkeley. El campus me recuerda un pequeño bosque. A la entrada, contemplo la escultura *Rotante dal Foro Centrale*; su diseño sugiere haber sido modelada con un acelerador de partículas hecho en Berkeley.

Cuento con tiempo antes del evento de Kurzweil, y tengo hambre. Pido un chocolate mexicano caliente y un emparedado pequeño en un café cercano. Me siento a comer en una banca del parque entre los árboles del campus. A pesar de estar solo, el sol y la cafeína me sientan fenomenal, un descanso perfecto del trabajo y mi sábado rutinario.

Camino hacia la sala Wheeler, donde se dará la plática. Estoy pronto para recoger mi boleto. Afuera, acompañan a una pareja en silla de ruedas a subir al auditorio. Este campus, con sus caminos libres de tráfico de autobuses, les debe de resultar un oasis. También recuerdo, para mis adentros, a pesar del dolor recurrente de rodilla y hombros, lo afortunado que soy de tener funcional la mayor parte de mis miembros.

Entro a Wheeler y tomo mi asiento, número U2. Escogí este asiento hace meses por antojo y por aprecio a la banda homónima. En coincidencia con el uso de la letra "u" y el número "dos" leídos en inglés, en el libro de Ray Kurzweil's *How to Create a Mind* o *Cómo Crear una Mente*, el autor describe el concepto de "Tú... Dos", un clon de tu cerebro que se podría usar para varios propósitos útiles. Kurzweil es un autor también conocido como Futurista. Desarrolló y fue copropietario de una compañía de sintetizadores musicales, y finalmente prosiguió desarrollando una tecnología de reconocimiento de voz usada ampliamente por muchas organizaciones. Kurzweil y pensadores afines vislumbran un estado futuro de sociedad llamado "Singularidad", en el que la tecnología se hace tan avanzada que podemos extender indefinidamente nuestras vidas. Una visión cínica de este concepto es simplemente una búsqueda moderna de la fuente de la juventud. Supongo que la "Singularidad" también podría ser la insinuación humana natural hacia nuestra ineludible mortalidad, tal vez tan inexorable como lo es nuestra programación genética para sobrevivir.

Como optimista pragmático que soy, escucho la plática de Kurzweil en Berkeley con la esperanza de tener la fortuna de vivir en los tiempos a los que él alude, donde los humanos podrán disfrutar de vidas mucho más largas que las que tenemos ahora. Kurzweil tiene distintos manierismos y emplea la señal de pulgar hacia arriba, como si supiera que ese lenguaje corporal positivo genera acuerdo y positividad en su público.

Después de su charla, mi mente resulta vivificada por la experiencia de ver a una persona exitosa a la vez que elocuente orador. Me regreso en BART al hotel en Oakland y entonces a dormir.

De mañana, me despierto y tomo el tren al Aeropuerto de Oakland. De pronto estoy en un vuelo a mi hogar, a mi cuarto rentado en Burbank, California. Manejo una breve distancia desde el aeropuerto a casa y tomo una siesta.

Esa tarde, tengo otro sueño extraño. Tengo una breve visión de una mujer que lleva una máscara de conejo. La mujer es una artista de grabación musical electrónica y en directo que se llama Tokimonsta. ¿Por qué sueño con Tokimonsta? ¿Qué significa esto? El viernes después de trabajar, antes de viajar a Berkeley, había navegado en Internet cuando por casualidad vi una publicación de redes sociales de Tokimonsta, anunciando la cancelación de una presentación a causa de una lesión. Se había caído de un escenario y hasta publicó imágenes de su moretón y la receta médica de su tratamiento.

Dos años antes, en 2011, al leer la edición anual sobre "La Gente del Año" de *LA Weekly*, supe por primera vez acerca de Tokimonsta. Usa computadoras e instrumentos electrónicos para hacer canciones originales lo mismo que para remezclar digitalmente lo que componen otros. Por el artículo y las imágenes, lucía de veintitantos.

La música electrónica ha sido parte integral de mi vida. En el bachillerato, era entusiasta de grupos que usaban ampliamente los sintetizadores, tales como Depeche Mode, Erasure, Pet Shop Boys, Gary Numan, y New Order. Algunos años después, descubrí el sub-género conocido como música rave. La experiencia de estos conciertos electrónicos, con sus luces de avanzada tecnología, láseres y video, en combinación con el ajetreo calisténico de bailar, era sin duda atractiva. No me interesaba ni tenía habilidades para el atletismo tradicional, de modo que bailar se convirtió en la manifestación de mi expresión física. Con el tiempo, después de la universidad, me hice artista de video (VJ por sus siglas en inglés), especializándome en presentaciones de multimedios para toda la noche en clubes nocturnos, raves y festivales musicales. Primero ponía a punto proyectores de video y pantallas, a continuación combinaba, manipulaba y sincronizaba imágenes en movimiento al compás de DJs y artistas musicales electrónicos en directo. Sin embargo, no tuve ingresos significativos de mi trabajo como artista multimedios y finalmente, terminé en el área de atención a la salud.

Durante mi época de artista de video, le envíe emails a Wiley Miller, el escritor de "Non Sequitur", una tira cómica diaria de periódico, solicitándole que creara un personaje de nombre Jeffrey. Semanas después, Jeffrey debutó en el periódico. Tras una década, el personaje Jeffrey sigue apareciendo cada tantos meses. Yo no escribo ni dibujo la tira, pero considero esto mis "quince minutos de fama", a la inspiración de Andy Warhol.

Después de este sueño visionario con Tokimonsta, investigo un poco en Internet sobre ella. Existen múltiples entrevistas de video, algunas de meses atrás. Parece ser inteligente, auténtica, accesible, con los pies en la tierra y atractiva. Parte de mí de inmediato se infatúa y me siento atraído a saber más sobre ella. Su nombre real es Jennifer Lee y, a pesar de la similitud de la palabra "Tokimonsta" con la palabra "Tokio", no es japonesa, sino de ascendencia coreana, con padres migrantes. Creció en Torrance, California, al sur de Los Ángeles.

No tengo idea alguna de quién sea ella personalmente, pero supongo que siendo una figura pública que compartió imágenes de su moretón, no estaría mal enviarle un mensaje deseándole mejora. Quiero conocerla mejor; tal vez me responda y la pueda conocer.

La Ley de Salud Asequible y Yo

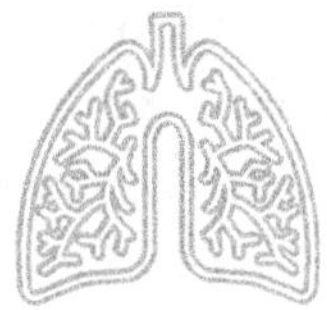

M E MUDÉ DE LA COSTA ESTE a la Costa Oeste en 2009; en un principio buscando el clima cálido y la aventura de una nueva vida y, tal vez, una nueva relación. Tras estar en Los Ángeles por nueve meses, seguí mi vertiente creativa y dejé el mundo empresarial para ser actor. Me afilié al sindicato de actores de radio y televisión, conocido entonces como AFTRA. Ya había un actor de nombre Jeffrey Brick, así que tuve que agregar el segundo nombre ficticio: "Aftra", para concretar mi registro. Transcurrieron unos cuantos meses tomando clases de actuación, yendo a audiciones y enviando correos a casi cada agente sindicalizado en Los Ángeles en la búsqueda de representación. Desafortunadamente, no conseguí ni agente ni trabajo pagado. Al acabarme mis ahorros, tuve que cambiar el rumbo de mi vida nuevamente. No obstante, este periodo sí me proporcionó suficiente descanso para aplicarme a la siguiente etapa de mi vida adulta. Ya que la renta en Los Ángeles es onerosa, busqué trabajos en cuidado de la salud y gestión de proyectos, ya que estaba totalmente decidido a sobrevivir por cuenta propia en la Ciudad de Los Ángeles.

En 2011 obtuve trabajo contractual con una organización grande de cuidado de la salud sin fines lucrativos. En este rol nuevo, me encargaba de administrar proyectos para sistemas dentro de los cuales las personas adquieren ciertos tipos de aseguramiento de salud conforme lo estipula la Ley de Cuidado Asequible. Estos fueron tiempos emocionantes. En virtud de la ley, que comenzaba el 1º de octubre de 2013, las personas diagnosticadas con cáncer, VIH y otras condiciones resultaban, por primera vez, aceptadas para aseguramiento no basado en empleador e incluso posiblemente se les brindaría subsidio gubernamental en base a su nivel de ingresos.

De forma parecida a la elección de Obama, que ocurrió en parte gracias a las donaciones de individuos independientes, el mismo apoyo de las bases podría haber ayudado a permitir la aprobación de la Ley de Cuidado Asequible. Yo apoyé la Ley de Cuidado Asequible usando tanto donaciones personales como publicaciones en Internet. Siendo una persona con historial de incidentes de salud, incluida una cirugía de hombro, tenía interés en esta legislación. Mi condición de salud podría ser la base por la cual se me negase la cobertura de cuidados de la salud. Como fuera, mi opinión había sido que viviendo en un país industrializado y con muchos avances tecnológicos deberíamos de contar con un nivel básico de cuidado médico para todos.

Las primeras tareas en mi trabajo nuevo consistían en ayudar a concretar determinadas provisiones en la primera parte del cronograma para la Ley de Cuidado Asequible. Una de las primeras secciones a poner en funcionamiento fue asegurarse de que a los niños no se les negase cobertura de cuidados de la salud en base a su condición médica. Yo disfruté las asignaciones y colaboré con nuestro equipo para actualizar los sistemas y procedimientos para que los niños obtuvieran aseguramiento de salud.

Con todo, empero, había cierta sensación de dificultad. Aunque la Ley de Cuidado Asequible era en efecto ley, surgió un debate nacional considerable acerca de cómo se debería de implementar. Tanto legisladores como individuos impugnaron la Ley y, finalmente, se presentaron demandas que terminaron a consideración de la Suprema Corte. En noviembre de 2011, la Corte aceptó apelaciones para porciones específicas de la ley y entonces escuchó alegatos en marzo de 2012.

El 28 de junio de 2012, algo así como un año después de que yo comenzara el trabajo nuevo, la Suprema Corte tomó una decisión acerca de los Casos de la Ley de Cuidado Asequible. En un voto cerrado de 5 a 4, la Corte ratificó la mayor parte de la ley, incluyendo una provisión que les permitiría aplicar penalidades financieras para los americanos que no tuvieran cobertura de salud. La decisión de la Corte se basó en la idea de que las penalidades financieras eran como un impuesto, no una restricción de las libertades de la gente.

La mañana del anuncio de la Corte Suprema, yo manejaba hacia la Biblioteca Presidencial Nixon para asistir a una conferencia sobre cuidados de la salud. Casualmente, en 1974 la administración del Presidente Nixon había propuesto la idea innovadora de crear un nuevo programa nacional de aseguramiento de salud. El plan de Nixon para el cuidado de la salud entonces, así como la estrategia de Bill Clinton para la reforma de cuidado de la salud en 1994, no contaron con suficiente apoyo político para dar lugar a la visión de un sistema de salud mejorado.

Con el paso del tiempo, subieron los costos de cuidado de salud, y muchas personas seguían sin tener cobertura. La mayoría de los hospitales reciben subvenciones públicas, incluidos los que tienen fines no lucrativos. Con ese estatus de no-lucro, los hospitales no niegan los servicios de emergencia para aquellos que no tienen seguro o la capacidad para pagar, y frecuentemente tienen programas que ofrecen cuidado con descuento para quienes no tienen aseguramiento.

Otro problema relativo a los pacientes que no tienen seguro es que estos no reciben cuidados de salud preventivos. En lugar de recibir consejo y monitoreo regular, con frecuencia requieren de servicios de emergencia que resultan en costosas facturas médicas (sin descuento de seguro). El apoyo de la administración Obama para la Ley de Cuidado Asequible fue el primer logro real en décadas que dio una solución nacional a este problema de los individuos sin aseguramiento de salud.

La decisión de 2012 de la Corte Suprema sobre porciones impugnadas de la Ley de Cuidado asequible le dio la sensación de legitimidad al esfuerzo de nuestro equipo en el trabajo. Faltaba poco más de un año para completar los cambios de sistema, políticas, procedimientos y personal para auspiciar los planes de seguros en los que las condiciones de salud no serían factor decisivo y las decisiones de cobertura no se basarían en diagnósticos individuales. El 1º de octubre de 2013, todo tenía que estar en su sitio de forma que las personas pudieran salir a adquirir sus planes de salud, que se harían vigentes el 1º de enero de 2014.

Si bien yo apreciaba mi trabajo de escritorio en la división de aseguramiento de salud en Burbank, algo le faltaba a mi vida. Antes de incorporarme al sindicato de actores, había trabajado de cerca con clínicas médicas y hospitales. Aunque este trabajo de aseguramiento de salud no era la tarea más intelectualmente satisfactoria, pagaba mi renta y deudas, y decidí esperar al menos hasta el 1º de octubre de 2013 antes de buscar otro puesto. Yo deseaba ser parte de este cambio significativo en el sistema de salud de los EEUU.

Ciudad de México

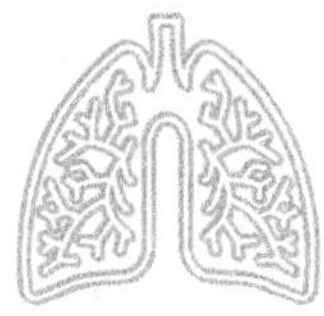

E N ABRIL DE 2013, tuve un logro esperado por mucho tiempo. Finalmente había pagado mis deudas personales, esto gracias a abandonar mi trabajo previo buscando hacerme actor. Para celebrar, planeé un viaje a México para ver a uno de mis grupos favoritos de todos los tiempos, The Cure, en concierto.

Al leer que The Cure iba a tocar en Ciudad de México, pensé sobre cuán formidable sería la aventura de verles ahí. Ya casi eran veinte años desde la última vez que había visto a la banda tocar en vivo . El grupo tenía una importante masa de seguidores en toda Latinoamérica, así que el concierto en Ciudad de México estaría lleno de vida. El recorrido sería mi primer viaje fuera de los Estados Unidos en muchos años.

Yo jamás había viajado a México. En los últimos pocos años en California, me había acercado más a la cultura y gente de México. El viaje a Ciudad de México sería una oportunidad significativa para contemplar la vida en un país que tiene amplia influencia en la experiencia del Sur de California.

En el transcurso de unos cinco meses, me había enfrentado a un fuerte dolor de rodilla. En enero de 2013, se me hizo cirugía laparoscópica exploratoria y pasé una semana en casa. Desafortunadamente, el procedimiento no había tenido hallazgos concluyentes. Antes de mi viaje a México, acudí con mi ortopedista para que me ayudara con el dolor recurrente. El doctor me ofreció una inyección. Yo estaba listo para aceptar los riesgos. El proceso no daba problemas pero me preocupaba si acaso necesitaría inyecciones por el resto de mi vida. Faltaban solo unos días para mi viaje a Ciudad de México y quería disfrutarlo realmente.

La mañana del 20 de abril, dejé mi cuarto rentado en Burbank y manejé al Aeropuerto Internacional de los Ángeles (LAX) para una aventura de fin de semana de tres días, concierto incluido, en Ciudad de México. Llegué al aeropuerto, estacioné mi auto y tomé el transporte a la terminal para el vuelo de las 7 A.M. Los procesos de registro y revisión de pasaporte fueron sencillos. No registré nada de equipaje, ya que era más sencillo llevar solo mi valija de mano. Conforme pasé por el punto de revisión de seguridad de TSA, vi a un grupo grande de pasajeros. De pronto, en mi cabeza, escuché la palabra *conejo*. Resulté deleitado a la vez que intrigado, puesto que la palabra coreana para conejo es "*toki*", lo que es parte del origen del nombre Tokimonsta. Tomé esto como una señal de que estas personas de cierta forma me invitaban a tener una conexión más profunda con Tokimonsta. Mi infatuación había asumido una mayor dimensión, y no importaba si acaso esas personas de la fila de seguridad sabían quién era Tokimonsta; las considere cómplices de mi interés recién encontrado. Me pregunté si era coincidencia que el calendario de gira de Tokimonsta incluyera Ciudad de México unas semanas después. ¿Era esto una convergencia de circunstancias que llevaría a algo más grande?

Al esperar mi avión en la sala, revisé las selecciones de libros en la tienda del aeropuerto. El libro *1Q84* de Haruki Murakami llamó inmediatamente mi atención. Recién había sabido de Haruki Murakami. Existe una entrevista en línea en la que Tokimonsta da crédito a Murakami de haberle inspirado el título de su nuevo álbum, *Half Shadows*. *Half Shadows*, algo así como *Medias Sombras* justamente se había lanzado apenas unas semanas antes de mi viaje. A Tokimonsta le intrigaba una noción en el libro de Murakami *Kafka en la Orilla*, en el que uno de los personajes dice que su "sombra es apenas la mitad de lo que debiera ser", como si la mitad de su existencia estuviera en otra parte.

Hojeé someramente las páginas de *1Q84* y quedé impactado por su estéril atmósfera de ciencia ficción. Era un material original e inteligente, pero ya habían pasado años desde que había leído un libro de ficción. Me di cuenta que para obtener mayor perspectiva sobre Tokimonsta, seguro habría de estar leyendo un libro de Murakami pronto.

El vuelo no tuvo novedad, más que cierto dolor de rodilla, y tres horas después llegábamos al aeropuerto de Ciudad de México. Tras aterrizar y pasar por aduana, logré llegar al puesto de taxis y le proporcioné al conductor la dirección del hotel, ubicado en el centro histórico. La ciudad daba una sensación clásica, casi europea. Fue un poco después de la 1 P.M. que México rebosaba de vida, con autos en las calles y personas en las banquetas; pasamos algunos mercados callejeros grandes, donde pude ver globos.

El hotel era de una cadena americana, y el personal hablaba inglés. Fueron amistosos y rápidos al registrarme. Tomé un elevador transparente en la edificación histórica ambientada a lo retro y me instalé en mi habitación. Mi primera tarea consistió en recoger los boletos para el concierto, toda vez que estos no se podían enviar a Estados Unidos. El personal del hotel me informó en qué tienda departamental podía recoger los boletos. El centro de Ciudad de México me recordaba el caminar por partes del centro de Los Ángeles, aunque con calles más estrechas y atestadas. Encontré la tienda rápidamente y recogí mis boletos; luego caminé de forma inversa hacia el hotel. Yo no hablaba ni comprendía el español, pero afortunadamente el corazón histórico de la ciudad cuenta con un plano lógico de las calles, siendo así que resulta fácil recorrerlo a pie. Al regresar al hotel, me di un baño. El concierto no sería sino hasta la noche siguiente, así que tenía el resto del día y la noche para explorar.

No sabía a dónde ir, por lo que en un principio solo deambulé. La plaza central de la ciudad es conocida como el Zócalo. Alrededor del perímetro del Zócalo había policías, o tal vez militares, que ostentaban escudos largos. Me pregunté si aquellos estaban vigilando una protesta. Al adentrarme más al Zócalo, encontré una feria de salud, y avanzando aún más, vendedores callejeros que comerciaban con productos de artesanía. A pesar de estar solo, y con mi rodilla doliendo a ratos, resultó estimulante ver una parte pequeña de un sábado de primavera en Ciudad de México.

Proseguí y acudí al Museo del Centro Cultural España puesto que tenía un restaurante de azotea con vista al Zócalo. Comí un emparedado y sopa conforme observé la extensión de la ciudad y sus alrededores. En las otras mesas se encontraban diversas personas conversando, y algunas leyendo libros.

Caminé de regreso al hotel para descansar. Las luces de la habitación no encendían. ¿Me hacía falta un interruptor? Ya no me preocupó mucho, porque estaba cansado. Al caer dormido, soñé que iba a enfrentar competencia y que debía de enfrentar la envidia. Me daba la impresión de que iba a casarme con Lady Gaga. Esto parecería una auténtica sorpresa, pero creo que mi subconsciente no quería decirme nada acerca de la propia Lady Gaga; en realidad, era una alusión a Tokimonsta. La imagen estilizada de su perfil en línea me recordaba la elegancia surrealista de Gaga. Mi psique me urgía a ser fuerte porque enfrentaría cambios significativos rodeados de posesividad y envidia si es que quería acercarme a Tokimonsta.

Desperté de mi siesta cerca del anochecer y me bañé, pero aún no había electricidad. En la recepción, escuché el sonido fuerte de generadores que mantenían funcionando al elevador, las computadoras y el aire acondicionado del hotel. El personal de recepción dijo que la energía habría de regresar por la mañana. Alistarme fue algo complicado. Tenía que conservar la energía de la batería en mi teléfono, porque no sabía cuándo volvería el suministro eléctrico. A las 8 P.M. salí del hotel para explorar más las calles de Ciudad de México. La mayoría de las tiendas estaban cerradas con excepción de restaurantes abiertos en la calle; muchos de estos, taquerías con enormes pinchos de carne en muestra. Vagué por la ciudad y encontré un lugar donde las personas se formaban en algo que parecía ser una discoteca o bar. El lugar se veía tentador, así que esperé y pagué la cuota de entrada. Dentro había DJs pinchando discos y, más noche, hubo interpretación de música en directo con ritmos electrónicos, melodías y proyección de video. Conforme siguió la música, un grupo de intérpretes de instrumentos tradicionales de metal se unieron a los músicos electrónicos para la impresionante y hermosa culminación del espectáculo. Fue un excelente ensamble de música contemporánea con instrumentación mexicana de sonido legendario. Alrededor de la media noche, abandoné el bar y regresé al hotel para dormir.

En la mañana, al despertar, aún no había electricidad. Me bañé y me dirigí a la recepción. El personal no sabía cuándo habría de volver la electricidad. Viendo que ya había experimentado casi un día entero en el centro histórico, decidí cambiar de hotel para el segundo día y alojarme en uno del aeropuerto, más cercano a la arena Foro Sol, donde sería el concierto de The Cure.

Tomé un taxi al aeropuerto y, después de indagar un poco, cerca del área de comida encontré un elevador a la entrada del hotel. Tengo afinidad al concepto de los hoteles en los aeropuertos. Tal vez sea por la posibilidad de despertarte y tomar de inmediato un avión, retirando algo del caos que te separa de tu destino. Me imagino que también se relaciona con la idea de vivir y respirar el tránsito, de forma tal que pareces estar algo cercano a todos los otros sitios.

Tras registrarme para la habitación del hotel, salí del aeropuerto y caminé alrededor del barrio Peñón de los Baños que rodea a la terminal. Había muchos puestos de comida donde la carne se mostraba abiertamente y abundaba especialmente la carne roja. No pude evitar preguntarme si eso propiciaría los problemas de salud y si tal vez se relacionase con la alta incidencia de cáncer.

Regresé al hotel para una breve siesta y un baño antes de vestirme para el concierto. Tomé un taxi, que me dejó en un parque inmenso que rodeaba al estadio del concierto.

Caminé un rato, aproximándome a la arena y pasando por seguridad antes de encontrar mi asiento. Aún había luz de día y faltaban unas horas antes del momento programado para el inicio del concierto. Había decidido llegar temprano al concierto, con la esperanza de observar cierta cultura de espectáculos en Ciudad de México. Había un constante movimiento de comerciantes que vendían cerveza, palomitas de maíz y toda una variedad de productos comestibles que los vendedores llevaban sobre la cabeza. Me pareció evidente que este comercio era tan fundamental para los conciertos como los cacahuates, las palomitas y los hot dogs lo son para los partidos de béisbol en Estados Unidos.

Justo antes de que The Cure se dispusiera a tocar, mi asiento comenzó a sacudirse, como si la multitud meciera las gradas, causando que todo se pandeara. Me asusté por un momento, pensando que la estructura podría colapsarse, pero pronto la sensación se fue.

Yo no había visto actuar a The Cure en veinte años, así que era una especie de visita al pasado; su concierto me trajo memorias de mi adolescencia en la preparatoria. El espectáculo fue disfrutable y se veía que muchas personas en la multitud eran devotas de The Cure, hecho probado por sus voces que cantaban la música. El concierto duró cuatro horas y dieciséis minutos; la banda tocó cincuenta canciones. Ese día, el 21 de abril de 2013, resultó que era el cumpleaños del vocalista principal de The Cure, Robert Smith. Entre el público circularon pedacitos de papel donde se instaba a cantar "Feliz Cumpleaños" durante el concierto. Usualmente, durante los espectáculos, las bandas tocan unos noventa minutos. Robert Smith, que ese día cumplía 54 años, tocó cuatro horas. Soy afortunado en cuanto a que

The Cure tiene tantas canciones buenas , melodiosas e inolvidables.

Después del concierto, tomé un taxi de regreso al hotel del aeropuerto. Aún había algunas tiendas abiertas en el área de comidas. Comí un refrigerio y luego me dirigí al elevador del hotel para dormir un par de horas antes de mi vuelo de regreso a casa.

Tras un breve sueño, me bañé, empaqué y tomé el elevador de bajada a la terminal. Me registré pero aún faltaba una hora para abordar. En el tiempo previo a mi vuelo, caminé alrededor de la mayoría de la seguridad interior del aeropuerto. Era como un tour virtual del propio México, toda vez que las salas eran en su mayoría para vuelos domésticos. Al caminar por el aeropuerto, encontré un stand de recolección de dinero para una caridad. Me hice la nota mental para donar en línea al regresar a casa.

Mientras esperaba mi avión, leí que se había reportado un terremoto de magnitud 5.9 en el área de Ciudad de México la noche anterior. ¡Creo entonces que el movimiento de las gradas había sido algo más que solo el concierto!

El vuelo a Los Ángeles fue más largo que el de ida a México. Bebí té caliente en el avión y completé mi papeleo de llegada. Ya en los Ángeles, pasé por aduana, tomé el transbordo al estacionamiento y me subí a mi camioneta Subaru 2000. Era otro día brillante y soleado en Los Ángeles. Durante mi traslado hacia el norte a casa en la 405, cayeron escombros de uno de los vehículos delante de mí y eso golpeó a mi auto. Por suerte, el fragmento no pareció romper cosa alguna, y continué avanzando. Llegué a casa y me hallé curiosamente lleno de energía creativa e inspiración para crear arte.

Decidí crear una mezcla de música, asumiendo el rol de un DJ. Escogí crear una combinación de música inspirada por Tokimonsta. De forma subconsciente o no, yo buscaba su atención; pensaba en ella y me llenaba de ternura, pues ella era mi musa y un placebo de novia. Dado que Tokimonsta es una combinación de la palabra coreana para "conejo" a la vez que el caló de "monstruo", investigué canciones que incluyeran ya fuera "conejo" o "monstruo", escogiendo aquellas cuyos sonidos disfrutara. Organicé las canciones para iniciar con las más lentas y terminar con las más rápidas.

Después de un par de horas, terminé la mezcla y la publiqué en la red. No soy un profesional de la música y la transición entre las canciones podría haber sido más suave, pero fue una estimulante conclusión de mi breve descanso del trabajo — una oportunidad para expresarme con música y creatividad —. Me percaté de que Tokimonsta, o al menos el pensar en ella, podría ser un catalizador creativo en mi vida.

El Concepto

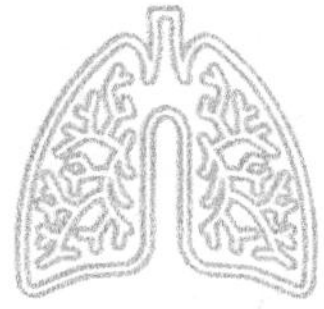

REGRESÉ A TRABAJAR EL DÍA DESPUÉS de mi viaje a México y pasé la semana preparando presentaciones para un viaje a nuestras oficinas en Cleveland, Ohio y Washington, D.C. Asistí a clases diarias de yoga caliente para mantenerme saludable y activo.

El lunes 6 de mayo de 2013, abandoné Los Ángeles hacia Cleveland. Llegué en la tarde, cené y me fui a dormir. El martes por la mañana, me desperté y me dirigí a la oficina regional de Ohio de nuestra compañía de cuidado de la salud. La reunión resultó más esclarecedora y productiva de lo que esperaba. Posteriormente, nuestro equipo se fue al aeropuerto para abordar el vuelo nocturno a Washington, D.C. Mientras estaba en el aeropuerto, leí un artículo de Ezekiel J. Emanuel en *The Wall Street Journal*. La nota hablaba acerca de cómo Obama tenía un reto particular para comunicar el mensaje de que la gente habría de comprar los planes disponibles en el Mercado de Cuidados de la Salud como parte de la Ley de Cuidado Asequible. Emanuel enfatizaba que solo restaban cinco meses hasta el inicio del periodo de enrolamiento abierto el 1 de octubre de 2013 para difundir el mensaje de que la gente comprara su seguridad. Él enfatizaba que sería un reto transmitir el mensaje a los más jóvenes, quienes podrían no tener tanta familiaridad con el aseguramiento en comparación con sus padres.

Este artículo de inmediato encendió el foco en mi cabeza. En el sitio web de Tokimonsta, ella había dicho que tocaría en un gran festival de música electrónica en Detroit, Michigan. Este festival se ha celebrado anualmente por más de diez años, siempre en el fin de semana del Día de Rememoración. Pues ya tenía yo un gran pretexto y misión adelantada para ver a Tokimonsta por primera vez. Los asistentes más jóvenes a este festival de música electrónica en Detroit serían fundamentales para el éxito de la Ley de Cuidado Asequible. De ejecutarse exitosamente, este día podría elevar la concientización sobre la apertura del Mercado de Aseguramiento de Salud en octubre a tal vez miles de asistentes al festival musical. El artículo de Emanuel fue mi estímulo intelectual para planear un viaje a Detroit, y Tokimonsta habría de ser mi fuego emocional.

Tras un día de reuniones en Washington, D.C., volé a casa en Los Ángeles. Una vez que regresé, tuve diecisiete días para prepararme para el festival musical en Detroit. Me puse en acción, adquirí los boletos para el festival y los del avión, y reservé cuarto de hotel. Esta era la parte sencilla, ahora necesitaba resolver cómo diseñar una campaña de concientización pública sobre el Mercado de Aseguramiento de Salud en el festival. Dos semanas probablemente no serían tiempo suficiente para asegurar una cabina de información, volantes y credenciales oficiales para promover cosa alguna. ¿Habría de ir y tan solo hablarles acerca del Mercado? Ninguna de estas ideas funcionaría en este festival, ni tampoco iban con mi personalidad usualmente tímida al hablar. Como asistente al festival, probablemente no podría llevar ni entregar letreros o volantes. Además, la música fuerte del festival no permitiría tener conversaciones.

Decidí que el método más sencillo y práctico para pasar la voz acerca de la Ley de Cuidado Asequible sería bailar en la multitud con una playera que anunciase el Mercado de Aseguramiento de Salud. Esto sería activismo popular a nivel micro: el esfuerzo de una persona.

Investigué un poco acerca de imprimir playeras en Los Ángeles. Existían sitios de especialidad donde podían hacer serigrafía en cuestión de semanas, pero no tenía tanto tiempo. Algunos sitios web sugerían ir a una tienda artesanal y sacar impresiones al calor, pero no tenía confianza en mi propia precisión, así que seguro yo estropearía el trabajo. Encontré un sitio que abría los domingos, y el hombre que contestó el teléfono dijo que podría hacer un trabajo rápido a buen precio. Manejé hacia esa tienda independiente de artículos deportivos al este extremo de Los Ángeles, cerca de Glendale. Esperé unos cuantos minutos a que llegara el señor y, unas cuantas horas después, contaba con un par de playeras producidas con el URL del sitio web del Mercado (healthcare.gov/marketplace) en donde estaría disponible el registro para obtener la cobertura por la Ley de Cuidado Asequible, junto con la fecha de inicio (1/10/2013). El texto comunicaba los datos esenciales, cosa que yo esperaba que fuera suficiente para elevar un poco la concientización y despertar la curiosidad.

Sabía bien que una simple playera no sería suficiente para este esfuerzo. Yo necesitaba realizar una afirmación más contundente, pero sin usar una técnica ofensiva o demasiado impactante, de otra forma, el mensaje se perdería. Decidí usar maquillaje para atraer más atención. Los cosméticos de actuación servirían dos propósitos. En primer lugar, ayudarían a que la campaña del Mercado de Aseguramiento de Salud tuviera más atención. En segundo lugar, sería más fácil que Tokimonsta me viera desde el escenario en Detroit. Tokimonsta había hecho un comentario en la entrevista de un video en línea acerca de su uso de maquillaje y accesorios llamativos en el escenario porque esto facilita que la vean a la distancia. Yo habría de usar esta misma técnica para el festival en Detroit, y tal vez ella también me podría ver a mí.

Resulté profundamente inspirado por la película de 1945 *Children of Paradise* (*Les Enfants du Paradis* o *Niños del Paraíso*), dirigida por Marcel Carné. Esta película en blanco y negro se grabó durante la ocupación Nazi de París. *Children of Paradise* es un drama histórico que retrata la vida urbana en París en la década de 1830. Al personaje principal, Baptiste Debureau, lo representa Jean-Louis Barrault. Baptiste trabaja como mimo de teatro y se enamora de una actriz de nombre Garance. La película es graciosa a la vez que conmovedora, ya que Baptiste no termina con Garance al final. Como podía identificarme con Baptsite, decidí usarlo como tema para mi encuentro planeado con Tokimonsta.

Visité una tienda de disfraces en Hollywood para adquirir todo lo necesario que me permitiera aparecer como un mimo convencional con maquillaje de cara color blanco brillante. Para transmitir el tema de atención de salud, me pintaría dos cruces rojas en las mejillas. Mi viaje por el país con maquillaje y una playera inspirada en la Ley de Cuidado Asequible sería un experimento a la vista. Me recordé que, sin importar cómo me viera o cuán efectiva fuese la campaña, el ver a Tokimonsta en persona haría del viaje algo valioso.

DETROIT

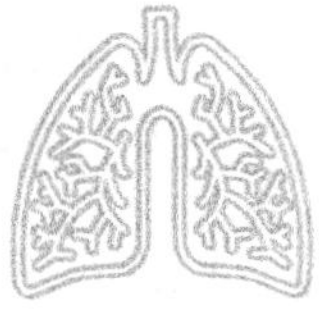

HABÍA COMENZADO CON UN CONCEPTO y ahora tenía los boletos de avión y el festival, reservación de hotel, un disfraz, maquillaje y el personaje. Estaba listo para este viaje de fin de semana y Día de Rememoración en el Festival *Movement Music* de Detroit, que estaría lleno de improvisación. Yo iba a estar abierto a lo inesperado.

El sábado 25 de mayo de 2013, el avión despegó en Los Ángeles a las 7 A.M. y llegó a Detroit a las 2:30 P.M. En vez de tomar taxi o rentar un auto, usé el transporte público del aeropuerto al centro, en donde se daría el evento. Esperé un rato el autobús. Una vez que llegó, lo abordé y comencé un viaje intrincado por los suburbios de Detroit. Me sorprende la cantidad de ciudades que no tienen una conexión de transporte público eficiente entre el aeropuerto y el centro. Me imagino que se debe tanto a la política como a la economía social, resultando en que a la ciudad y sus planeadores se les escapara la simplicidad del concepto de un enlace del aeropuerto al centro de la ciudad. El viaje en camión fue una exploración de viaje con la gente de Detroit en una tarde de sábado. No estaba seguro de si alguno de los locales conocía o les interesaba el festival musical. Me pregunté si estos serían a quienes les daría mi mensaje acerca del Mercado de Aseguramiento de Salud.

En los límites de la ciudad de Detroit, el conductor me informó que para ir al centro, tendría que transbordar. Dejé el camión y crucé la calle como me indicaron. Esperé en la esquina de una atestada intersección suburbana junto con varios lugareños, algunos de ellos fumando, posiblemente sin tener buena salud. Sus vidas, siendo optimistas, habrían de mejorar al paso del tiempo tras completarse el trabajo de la Ley de Cuidado Asequible, si bien fumar, en general, es decisión personal.

Abordé el segundo autobús ciudad adentro y pensé en mi estrategia. El Festival *Music Movement* era un evento de tres días con muchas fiestas sucesivas avanzada la noche. Tan solo contaba con dos playeras personalizadas del Mercado. ¿En qué días debería de usarlas? ¿Todos los días? ¿Qué con el maquillaje? ¿Cómo sería visto eso? El miedo y la aprehensión comenzaron a calarme. La voz de la razón dijo que debiera de usar una de las playeras del Mercado ese mismo día. Pensé que el maquillaje podría ser demasiado para iniciar, y después del vuelo, no me sentía como el personaje mimo Baptiste.

La parada final del autobús al centro de Detroit era el Centro de Tránsito de Rosa Parks. Desde ahí caminé al hotel, que estaba en el rascacielos conocido como *Renaissance Center*. Siendo una especie de ciudad dentro de la ciudad, el *Renaissance Center* es un complejo de siete torres conectadas — la más alta, de setenta y tres pisos de altura — que además funge como sede corporativa de General Motors.

Me registré en el hotel y tomé el elevador a mi cuarto, el que ofrecía una vista sorprendente del Río de Detroit y del festival musical abajo. Me bañé y descansé, pues estaba a punto de comenzar una aventura de tres días de baile para correr la voz acerca del Mercado de Aseguramiento de Salud pronto a iniciar. Me vestí, y como lo planeé, me puse una de mis playeras del Mercado. Llevaba una gorra de baseball de los Nacionales de Washington que había comprado para ese evento. Si bien yo no era un fan organizado de deportes, pensé que los Nacionales simbolizarían la naturaleza Americana de la Ley de Cuidado Asequible.

Tome el elevador de bajada, salí del hotel y caminé al evento. Afortunadamente, el clima era agradable; no llovía, y era justo lo suficientemente caliente para no requerir de chamarra. Ya había una larga cola para ingresar. Avancé en la fila y pasé por la seguridad del festival en menos de una hora.

A Detroit muchos lo consideran la cuna del género de música electrónica conocida como Techno. Había varias zonas de música para escoger. Comencé mi aventura musical y de danza en el escenario *"Made in Detroit"* o 'Hecho en Detroit' que presentaba artistas locales. La atmósfera recordaba el ambiente de música electrónica en el que yo había participado como artista de video una década atrás. Comencé con lentos estiramientos, luego me moví a ritmo más contundente según marcaba la música. A pesar de las inyecciones de rodilla, sentí dolor ocasional. Aún me quedaban dos días de baile, así que procuré no excederme y mantuve un ritmo más calmado y fluido de movimiento.

Al bailar, nadie me preguntó por mi playera, aunque sí noté algunas miradas. Esperaba estar iniciando una partícula de curiosidad y que al día siguiente, con maquillaje puesto, pudiera causar una impresión más notoria.

Pasé gran parte del sábado bailando en el escenario de 'Hecho en Detroit'. Después de un par de horas, caminé al escenario más grande en el festival para ver a Richie Hawtin, un artista del género techno bien conocido y respetado. Una gran multitud observó a Hawtin tocar. La fatiga de los viajes y baile del día me pasaron factura, y regresé al hotel para descansar y dormir.

El domingo 26 de mayo, a las 9 A.M., me desperté y miré por la ventana. La visión matutina del Río de Detroit era increíble. Vi una enorme barcaza viajando en el río hacia el hotel. Me detuve a pensar que faltaba solo poco más de 24 horas para ver a Tokimonsta en persona por primera vez. Me iba disponiendo a la vulnerabilidad mientras que enfrentaba la ocasión con optimismo. Completé el viaje a Detroit; lo único que me quedaba por hacer era transitar un día más y ya la vería.

Mi plan de la mañana era visitar una instalación de arte enorme conocida como el Proyecto Heidelberg, que se había instalado en la parte este de Detroit en 1986 por Tyree Guyton y su abuelo Sam Mackey. Yo había visto imágenes relacionadas con cuidado de la salud en el proyecto de arte vía internet antes de mi visita y pensé que ver las creaciones de cerca me animaría a aumentar la conciencia sobre el Mercado de Cuidado de Salud.

Salí del hotel y di un par de vueltas en el *Detroit People Mover* del centro buscando una parada de autobús para viajar al área este. Abordé un autobús y, después de veinte minutos, desembarqué en la parada más cercana al Proyecto Heidelberg. Tras caminar en la calle un par de cuadras, había llegado.

Las casas abandonadas y propiedades circundantes se habían transformado en arte. Incluso algunas secciones de la acera estaban pintadas. En un herboso césped, reconocí las esculturas con temática médica de internet. Un letrero pintado a mano decía: "El Doctor está atendiendo", con una mesa de reconocimiento rota y oxidada. Esta era la creación artística de un consultorio médico a partir de objetos recolectados. Yo estaba a punto de llorar, porque los planes de mi viaje ya se volvían realidad.

Seguí caminando y vi una casa entera cubierta de discos de vinilo y discos compactos. Ya que el propósito principal de mi viaje había sido asistir a un festival musical, y dado que Tokimonsta tenía afinidad por los discos de vinilo, pensé que esto era un derrotero apropiado. Publiqué imágenes y videos en Internet, pensando que ella lo podría ver. Tomé gusto de la casa decorada con discos afuera y su relevancia con Detroit, con su historia de música, desde Motown hasta Techno. Al seguir caminando, vi a un señor que parecía trabajar. Le hablé brevemente; era Tyree Guyton, el creador del Proyecto Heidelberg. Le expresé mi apreciación y agradecimiento antes de seguir caminando y tomar más fotos. Finalmente, abandoné el área del proyecto y esperé a un autobús hacia el centro.

Este era el día en que iba a representar mi versión del mimo Baptiste en el festival. Al ponerme el maquillaje, me sentí como un actor antes de salir a escena. Mi imaginación suspendió mi recelo al comenzar a visualizarme como mimo. Después de aplicar la base blanca y las cruces rojas a mis mejillas, y ponerme la playera personalizada del Mercado de Aseguramiento de Salud, sentí un torrente de entusiasmo y energía, en tanto que el espectáculo estaba por empezar.

Yendo en un elevador lleno hacia la planta baja, me sentí entusiasta al recibir atención. Se me exponía, se rebelaba mi singularidad, creatividad y amor — o tal vez solo mi candente infatuación—. Caminaba con brío y determinación, con mi personalidad de mimo; salí del hotel y me dirigí hacia el festival musical.

Para el día dos del festival, animé mi baile con la adición de poses de yoga e incorporando los manierismos "pulgar arriba" de Ray Kurzweil. Estaba vivaz y seguro de mí. Con el maquillaje puesto, llamé más la atención y los asistentes comenzaron a fotografiarme. Esperé que algunas de esas fotos eventualmente le recordaran a la gente la apertura del Mercado de Aseguramiento de Salud.

Al terminar la música en el segundo día del festival, decidí asistir a algunos eventos de *after* en los sitios locales en el centro. Regresé al hotel, me quité el maquillaje, me bañé y me vestí con ropa cómoda. A las 9 P.M. salí del hotel y me lancé a las calles de la ciudad de Detroit.

Fui primero a un concierto pequeño en la parte elevada de un bar para ver a un artista musical que ya conocía de tiempo atrás. Usaba una serie de instrumentos musicales analógicos y teclados para ejecutar música *techno* en directo. Lo había conocido años antes en Pittsburgh, Pennsylvania, y había personalizado arte de video a la medida de su estilo musical y del instrumento electrónico legendario que usaba, el *Roland TR-909 Rhythm Composer*. Tras un par de deliciosas horas bailando su música de improvisación, salí del bar y avancé más al centro a otro foro. El DJ en este otro bar era del Reino Unido; en vez de instrumentos, mezclaba canciones. La música se tornó muy intensa y rápida. Bailé hasta las 3 A.M. y regresé al hotel.

El lunes 27 de mayo—Día de Rememoración—fue el último día del festival musical.

También era el día en que finalmente vería a Tokimonsta. En Internet, Tokimonsta había señalado que su concierto de la noche anterior en Illinois se había cancelado a causa del clima. Ojalá que tal mala racha para ella cesara en Detroit.

Hambriento, caminé por el centro para desayunar. Encontré un restaurante griego y comí una empanada de espinacas. Regresé al cuarto de hotel para bañarme y me apliqué el maquillaje de mimo por segundo día consecutivo. La playera que escogí para este día tenía la bandera americana al frente y "healthcare.gov/marketplace 1/10 /2013" impreso detrás. Siendo el *Memorial Day*, pensé que el elemento gráfico de la bandera americana al frente sería algo apropiado. Al abandonar el hotel, el clima era nublado y más frío.

Comencé a calentar por la tarde bailando en el escenario de 'Hecho en Detroit'. Continúe con movimientos de yoga en armonía con la música. Al bailar, noté a una mujer observándome desde la banqueta afuera del festival; nos separaba una barda. El maquillaje de mimo seguramente había llamado su atención. Parecía que ella me indicaba que levantara más la cabeza. Mi postura no es del todo notable y me resultó jocoso ser entrenado a lo lejos por esta mujer. Después de bailar por una hora, salí de la zona "Made in Detroit", siendo ya la hora de ir al gran anfiteatro donde Tokimonsta estaba por tocar.

Caminé hacia el escenario en Hart Plaza, que estaba relativamente vacío. Esta área es un anfiteatro de media concha con doce filas extendidas en forma circular donde la gente puede sentarse, estar de pie o bailar. Yo estaba decidido a acercarme al escenario tanto como pudiera y así tener la mejor vista de Tokimonsta. No había tanta gente en la plaza, pero sabía que pronto estaría a reventar. Me quedaban unas dos horas antes de que Tokimonsta se presentara; esperaba que todo transcurriera bien. Tuve cuidado de no beber demasiado líquido, ya que no quería tener que ir al baño y perder mi lugar que lindaba con las vallas del escenario.

El día era más frío y nublado que los dos anteriores, y comenzó a lloviznar. Con este clima, el universo me pedía que fuera fuerte y resistente. Me había hecho a la idea de ver a Tokimonsta como algo majestuoso, así que habría que soportar la lluvia. Estaba dispuesto a mantener mi posición adelante, cerca del escenario, de forma que ella pudiese notarme.

Finalmente, después de bailar un par de horas al ritmo de los DJs, vi al personal ajustando los instrumentos de computadora de Tokimonsta para su acto. Sentía ya que ella estaba cerca, y me torné dispuesto. Tras semanas de pensar, planear y entrar en acción, aquello que había crecido de la curiosidad se había hecho una súbita afinidad e infatuación, en combinación con el diseño de una campaña de bases para servicio público. Volteé para ver a Tokimonsta en el escenario y de alguna manera percibí que ella también me vio. Al ver, ella pareció ocupada en la preparación de sus instrumentos, pero con todo, relajada.

Tokimonsta comenzó con su actuación. Me fascinó cómo se movía rápidamente y motivaba a la multitud. Parte de mí se percató de que mi oportunidad de ser amigo de esta estrella musical era nimia, pero sabía que necesitaba concentrarme en el momento y tomarlo en su justa dimensión, disfrutando de su presencia, sin importar lo fugaz que fuera. Ya llovía copiosamente, pero no me importaba. No deseaba estar en ningún otro lugar del mundo. Después de bailar con su música a las primeras canciones, tomé algunas fotos y grabé videos. Emocionado, grité su nombre artístico así como su nombre real, Jennifer, varias veces.

El clima empeoró conforme la lluvia se hizo aguacero. Tokimonsta se inquietó, como si le preocupara que pudiera electrocutarse o que su equipo se dañara. A pesar de la lluvia, siguió con aplomo. Yo no quería que su música terminara ni que ella se fuera. Ella ejecutó con precisión clínica y con gusto; a pesar de la lluvia, la multitud estaba igual de prendida al bailar. Al final de la hora, ella agradeció a la multitud por aguantar el diluvio.

Tokimonsta salió del escenario y, aunque yo estaba satisfecho de finalmente haberla visto, sentí un toque de tristeza de que esto hubiera terminado tan pronto. En mi cabeza, yo ya seleccionaba mis siguientes pasos. ¿Es que ya planeaba verla de nuevo? ¿Mi infatuación había crecido tanto así? No tenía idea de qué esperar cuando finalmente la viera, pero mi conciencia me suplicaba conseguirlo. Desde los sueños que había tenido al regresar de Berkeley y aquellos momentos en Ciudad de México, ya me proyectaba. El lado racional de mi cerebro me decía que estaba dejando que mi ilusa imaginación se aprovechara de mí. Sin embargo, mis instintos románticos me imploraban tomar riesgos valerosos con intenciones nobles. ¡Solo se vive una vez!

Aunque Tokimonsta ya estaba lejos, continué bailando, con la esperanza de correr la voz acerca del Mercado de Cuidados de la Salud. Había visto en Internet que Tokimonsta se había tomado fotos con sus fans; esperaba tener esa oportunidad, pero tal vez era demasiado pronto. Llovió el resto del día. Conforme se fue la luz del sol, llovió aún más. Bailé hasta estar completamente empapado y me retiré por último al hotel.

Subí videos del concierto de Tokimonsta a internet y me fui a dormir. En mis sueños, imaginé que Tokimonsta, Jennifer Lee, me había dado el mote "j_f" y que ahora yo pertenecía a su círculo de amigos. Medio dormido y en meditación, repasé el día y me sentí satisfecho de finalmente haberla visto en persona, y de que ella tal vez también me hubiese notado.

La mañana del martes 28 de mayo de 2013, me levanté, me duché y dejé el hotel. Se acababa el tiempo antes de mi vuelo, así que tomé un taxi al aeropuerto. Poco después me encontraba en mi avión de regreso a Los Ángeles.

Apuesta de Hollywood

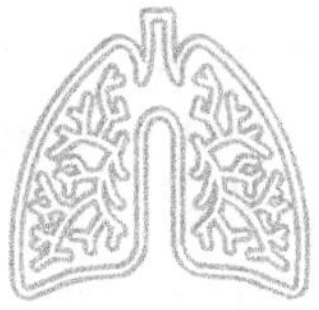

EL DÍA SIGUIENTE A DETROIT, regresé a trabajar. Se necesitaba una gran cantidad de cambios complejos del sistema para la Ley de Cuidado Asequible. No podía evitar soñar despierto acerca de Tokimonsta. Reproduje en mi mente el viaje y vi una y otra vez las imágenes y videos de Detroit.

Yo no tenía expectativas particulares acerca de cuán benéfico habría de ser mi esfuerzo de concientización sobre el Mercado de Aseguramiento de Salud. Si al menos una persona hubiera resultado interesada, esto habría valido la pena. Tal vez solo meses después, al lanzarse oficialmente el Mercado, sería cuando los individuos recordarían y se pondrían en acción para obtener cobertura. Sin importar el efecto, mi misión personal se había cumplido, al bailar llevando la playera y ver a Tokimonsta en persona. El viaje a Detroit había sido un éxito.

El sitio web de Tokimonsta informaba que ella se presentaría en julio en otro festival musical, ahora en Louisville, Kentucky. Ante la pronta apertura del Mercado de Aseguramiento de Salud de la Ley de Cuidado Asequible, valdría la pena volver a intentar otra vez aumentar la conciencia en otra ciudad. Compré boletos para el festival y de avión para viajar a Kentucky para ver a Tokimonsta y presentarme como un mimo para lograr publicidad para el Mercado.

El martes 30 de mayo de 2013, dos días después de Detroit, fue un día regular en el trabajo. A la hora del almuerzo, como siempre, salí a caminar y revisé las redes sociales. Tokimonsta anunciaba que se presentaría en un evento sin costo en Hollywood para una organización no lucrativa esa misma noche. La fundación que auspiciaba el evento se llamaba *Music Saves Lives* (La Música Salva Vidas), con la misión de educar a la gente sobre causas salvadoras de vida como la donación de sangre y médula.

Estaba ansioso y emocionado. ¡En menos de siete horas, tendría la oportunidad de ver nuevamente a Tokimonsta! Inicialmente, me costó trabajo descifrar la dirección de email RVSP. Como suele ocurrir con muchos de estos eventos de Hollywood, se requiere de confirmaciones para poder entrar. Finalmente determiné la dirección de email correcta y envié mi petición.

Un par de horas después recibí una amigable respuesta acusando recibo de RSVP. Estaba feliz, pero nervioso. Esperaba una gran multitud, ya que estos eventos se llenaban rápidamente, de modo que sabía que tenía que llegar temprano.

Regresé a casa y tomé una siesta. Después de levantarme, me decidí sobre qué ponerme. Ya que este evento sería en un bar, no un festival en exteriores, le iba bien un estilo de vestimenta más formal. Me puse camisa y corbata, nuevamente con mis cruces rojas en las mejillas. Vi que el maquillaje era un poco pintoresco, pero aún moderado. Me pregunté si acaso tendría la oportunidad de hablar con Tokimonsta esa noche. Si de hecho obtuviera la oportunidad de hablar con ella, me preguntaba si debiera de proponerle una cita. ¿Quién sabía cuándo volvería a tener una ocasión así? Lo peor que podría pasarme es que dijera que no. Si yo se lo propusiese, la probabilidad de que ella aceptara aumentaría si yo sugiriera algo específico en vez de tan solo instarle a vernos o tomar un café. En los pocos minutos precedentes a irme al evento de caridad, investigué algunas ideas sobre lo que podría hacer con Tokimonsta en una futura cita. Encontré tres eventos de arte/musicales en Los Ángeles que me pareció que serían de su interés y a los que le gustaría asistir.

Manejé desde Burbbank hasta el bar de Hollywood sede del evento. El personal aún estaba acomodando todo para la noche y aún no se permitía el ingreso. Caminé alrededor y curioseé en *Amoeba Music* en Sunset Boulevard. Chequé la colección de discos compactos de electrónica en busca de alguno de sus discos. Tan solo tenían una copia de vinilo de su álbum de 2010 *Midnight Menu*. Me di cuenta que sería perfecto si llevara conmigo el disco esa noche, siendo esto una excusa válida para hablar con Tokimonsta. ¡Podría pedirle que me firmara su álbum! Era posible que no me dejaran entrar con el disco, pero estaba bien vestido, de forma que esperaba que no hubiera complicaciones. Me preocupé respecto a que Tokimonsta me viera como un obseso, pero habría de arriesgarme. Al pagar el disco, le pedí una pluma a la dependiente y me dio un *sharpie* usado — perfecto para una firma—. La situación era perfecta; no solamente lograría verla ejecutando, sino que con el disco ya tenía tanto el material como el motivo de la conversación.

Caminé de regreso al evento de la fundación con ni nuevo álbum de vinilo *Midnight Menu* en mi mano. En la puerta, gente bien ataviada con su bloc me encontraron en la lista, y entonces entré al bar. Había el área de alfombra roja *de rigueur* para este tipo de eventos de Hollywood, donde fotografiaban a los asistentes con un fondo de marcas. Ya que yo no soy lo que se dice tradicionalmente social, inmediatamente me dirigí al área donde un DJ tocaba música. No me inhibo frente a extraños cuando asumo la personalidad de un bailarín, es como ser un robot en piloto automático. Comencé a bailar. Después de bailar lo suficiente, la sangre vibrando en mí y con las endorfinas del movimiento rondando mi cuerpo, se me olvidaba la inseguridad de estar solo.

El bar se llenó de personas bebiendo y conversando. Yo era el único que bailaba. Una mujer se acercó y me pidió que bailáramos. Me dijo que era su primera vez en uno de estos eventos y que no sabía bailar. Le intenté explicar cómo yo me movía según el ritmo y la melodía. Bailó conmigo por un momento; parecía deleitada.

Tras una hora de que el DJ mezclara canciones, una banda pequeña con cantante femenina se presentó. Mientras el grupo tocaba, eché un vistazo al lado derecho de la sala y vi a Tokimonsta. Mi corazón se aceleró al verla. Tenía todo, el álbum en mis manos. Estaba tan emocionado de esta aparición inesperada. Estaba relajado, todo era familiar, ya que estaba en casa, en Hollywood, en una hermosa noche de primavera. Vi a Tokimonsta conforme ella vio a la cantante actuar. Me di cuenta de cuán correcta era su postura y la forma en que ella estaba sobrada de confianza. Me di cuenta de mi propia inseguridad y debilidad y comprendí que si le invitaba a una cita, posiblemente tendría mucho trabajo para gozar de su atención.

Después de un descanso entre las canciones de la banda, me acerqué a Tokimonsta, que estaba cerca de la pared. Le dije "hola" rápidamente, que mi nombre era Jeffrey y le pedí que me firmara el álbum. Ella me dijo que había comenzado como artista visual. Me preguntó cómo quería yo que me firmara, y yo respondí que pusiera lo que ella quisiese. Ella escribió una pequeña nota en el álbum. "¡Para Jeffrey! Gracias por venir a este evento. De verdad..." Ella dibujó un corazón y firmó "TOKiMONSTA". Le pedí que lo hiciera también en la etiqueta interior del álbum. Saqué el disco y ella dibujó la cara de un conejo. Entonces le di mi tarjeta de presentación y las gracias.

Treinta minutos después, ella comenzó a tocar. No había escenario; sus instrumentos se dispusieron en una mesa plana en la sala. Yo estaba a apenas unos pies de ella. Bailé con mucha energía y entusiasmo, saltando y contoneándome. Estaba tan feliz de estar cerca de ella y tener un álbum personalizado y firmado en mis manos. Recordé sobre cómo hacía un par de días le había visto en Detroit como parte de una operación compleja y bien planeada, y ahora tenía la oportunidad de hablar con ella cara a cara con poco tiempo de preparación. Conforme ella ejecutaba y mezclaba música, yo mecía con cuidado el álbum en mis manos, como si fuera una muleta. Aunque esta vez no llevaba una playera para concientizar acerca del Mercado de Aseguramiento de Salud, me encantaba la idea de que estuviésemos en el evento para una organización pro conciencia de la donación de sangre; la tarde tenía un mensaje social constructivo.

Después de su presentación, tocó otro grupo, y bailé con este también. Aún podía ver a Tokimonsta en el salón adyacente y me dispuse a hablar con ella una última vez antes de irme.

Mientras el grupo tocaba, caminé hacia Tokimonsta, me senté y esperé a que ella terminara la conversación con la persona que hablaba. Al terminar, ella se dispuso a salir. Me levanté y le pregunté rápidamente si le interesaba asistir a conciertos o exhibiciones de arte que yo había checado previamente. Estaba algo nervioso y ella no parecía comprender lo que yo solicitaba. Se me acercó y volví a repetir mi propuesta, preguntando si le interesaba asistir a un concierto de Camera Obscura, a ver una representación de *Mesías* de Handel, o ver la exhibición de Stanley Kubrick en el Museo de Arte del Condado de Los Ángeles. El hombre junto a ella le hizo la observación de que ya había asistido a la apertura de la exhibición de Kubrick. Sabiendo yo que visitas repetidas pueden ser más que bienvenidas con una exhibición de arte de calidad, pensé que podría ser de interés una segunda visita, más no dije nada. Tokimonsta me preguntó si era que yo le pedía que tocara en el museo, por lo que supuse que ella a su vez creía por mi atuendo formal que yo era un promotor o ejecutivo de la música. Al ver mi reacción, supongo que ella finalmente comprendió que yo en realidad intentaba proponerle una cita. El caballero junto a ella me vio con extraño, como si ella estuviera fuera de mi liga. Al retirarse, Tokimonsta sonrió, siendo tal vez un reconocimiento tácito de mi humilde intento de conseguir una cita.

Ella se esfumó y mi cuerpo temblaba. Ya había cumplido con conocer a Tokimonsta, había tenido tanta suerte como para invitarla a salir. Dentro de mí me di cuenta de que probablemente no éramos las personas más compatibles. Empezando por que ella se veía más joven y con más seguridad y más estilizada de lo que yo era. Sentí entonces gran alivio y descanso, porque lo había intentado. ¿Quién sabe que podría pasar? Tal vez ella vería al día siguiente mi tarjeta de presentación y me llamaría. Conduciendo a casa desde Hollywood a Burbank, tenía en la cara una sonrisa inmensa. Pensé que cualquier cosa era posible.

Check Yo Blood

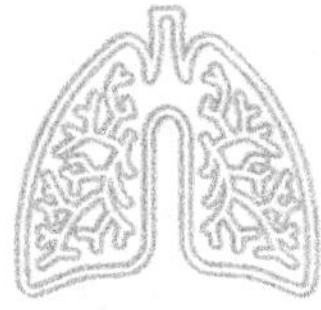

URANTE LOS SIGUIENTES DÍAS estuve precavidamente atento por si Tokimonsta me telefoneaba. Finalmente, tras una semana sin señal, asumí que ella probablemente jamás me llamaría. Ahora yo tenía por delante la decisión de o bien desanimarme de no obtener una cita, o de impulsarme a hacer algo más optimista y progresivo.

Diseñé la campaña de concientización del Mercado de Aseguramiento de Salud con base a experiencias personales en mi trabajo y carrera. Se me ocurrió que, en vez de ir tras mi agenda personal, podría ayudar a promover algo que a Tokimonsta le importaba y ganar algo de respeto.

El propósito del evento de la fundación en Hollywood había sido aumentar la conciencia acerca de la donación de sangre. Desafortunadamente, yo no soy elegible para donar en los Estados Unidos, porque estudié en el Reino Unido por un año en los 90 durante la incidencia de la enfermedad de las vacas locas. No obstante, podría lanzar una campaña para concientizar sobre la donación de sangre. Decidí ir con la misma estrategia básica de usar una playera, usando maquillaje de mimo, y bailar, pero ahora trasladar el mensaje a animar a las personas a donar sangre. Este nuevo plan habría de ser un ganarganar para la causa social pero requería de humildad y aceptación de mi ego, parcialmente lastimado por no haber recibido respuesta para la cita.

Mi nueva estrategia se basaría más en Los Ángeles, de forma que habría de crear dos variaciones de una playera para instar a la gente a que donara sangre: una en inglés y la otra en español. El sitio web de Tokimonsta indicaba que ella se presentaría en un evento de club nocturno en Los Ángeles llamado "Check Yo Ponytail", algo así como 'Checa tu Cola de Caballo'. Para este evento de julio, me imaginé un diseño de playera con las palabras "Check Yo Blood" diciendo lo mismo, pero respecto a la sangre, al frente, y "Dona Sangre" atrás.

El sábado, fui a un taller de impresión personalizada de playeras al lado oeste de Los Ángeles. La tienda contaba con personal conocedor y experimentado, y me ayudaron con mi diseño así como con la elección entre muchas opciones policromáticas de producción. Estas playeras serían más caras que las anteriores pero tendrían un impacto más determinante. Terminé el diseño y ordené dos versiones de la camisa. Una en inglés con "Check Yo Blood" y una versión en español diciendo "¡Donar Sangre!". La tienda necesitaba una semana para completar la impresión.

Una semana después, el viernes después del trabajo, fui a toda velocidad desde Burbank hasta el lado oeste con una ruta con GPS e información de tráfico para recoger las playeras antes del cierre de la tienda. Las prendas finalizadas se veían fenomenales, con letras contundentes, coloridas y brillantes que instaban a la gente a donar sangre. En mi corazón, esperaba que Tokimonsta — con todo que no me hubiera llamado para una cita — se enorgullecería del esfuerzo de este vasallo para promover la causa que ella auspiciaba.

Ese fin de semana en que recibí las playeras fue el mismo del festival anual de Jazz de Playboy en el Hollywood Bowl. Aunque Tokimonsta no iba a tocar en el Festival de Jazz, este evento público masivo sería una oportunidad valiosa para poner en marcha la campaña de concientización para la donación de sangre.

En la tarde del domingo 16 de junio de 2013, me apliqué el maquillaje blanco de mimo, cruces rojas en las mejillas y me puse la playera personalizada de "Donar Sangre". Manejé hasta la estación de Metro de Studio City, tomé el tren hacia Hollywood y abordé un autobús de traslado al Festival de Jazz de Playboy en el Hollywood Bowl. El festival tenía a un público más relajado y tradicional que el de la reunión de música electrónica en Detroit, y de inmediato me sentí fuera de lugar, incómodo con mi personalidad de mimo. Este nuevo público servía como prueba excelente de mi resistencia y para superar mi timidez. Volví a retar a mi valor yendo solo con este personaje. Primero me senté un rato, disfrutando la música y observando a los artistas, pero en poco me levanté y comencé a bailar. Al caer el sol, me pareció que era hora de regresar a casa.

Un par de días después del Festival de Jazz, Tokimonsta tenía nuevas fechas de gira en Asia en su sitio web. El 28 de julio de 2013, ella iba a presentarse en el Festival de Rock de Ansan Valley en Corea del Sur. Siendo de ascendencia coreana, pensé que sería notable que yo la viera tocar ahí, porque podría hacerme de un mayor significado de su ser. Jamás había ido a Corea, así que un viaje ahí también me daría la oportunidad de explorar otro país.

Fue temprano en una mañana de viernes, antes de trabajar, que compré un boleto directo de ida y vuelta de Los Ángeles a Seúl. Iba a partir el 25 de julio y regresaría el 30 de julio, lo que me daría dos días para explorar Seúl y un día entero para el festival en el que Tokimonsta se presentaría. Yo daba un enorme salto de fe al viajar solo en esta aventura. ¿Qué pasaría si algo saliera mal y no pudiera regresar a tiempo a trabajar? ¿Qué, si Tokimonsta enfermase o si el espectáculo se cancelara por el clima? ¿Y si yo enfermara? Fui a trabajar y pasé el resto de mi viernes pensando y pensando planes para este viaje emocionante a Corea del Sur para el que faltaba poco más de un mes.

Un par de días después, el martes 18 de junio, fui al Auditorio Wiltern en Los Ángeles para ver a la banda Camera Obscura de Escocia. Llevaba mi playera de "Donar Sangre" y mi maquillaje de mimo con cruces rojas. Durante la mayor parte del concierto bailé en la galería. Este podría no haber sido el lugar más notable para el activismo de cuidado de salud, pero yo disfruto de ver espectáculos desde el terrado en un teatro clásico. El Wiltern abrió en los 30 y está repleto de historia; se le ha mostrado en muchas películas, incluyendo *Barton Fink* de los hermanos Coen de 1991.

Al bailar, vino a mi mente la película *Children of Paradise*, la cual había inspirado mi identidad de mimo. Los críticos de cine han comentado que el "paraíso" en el título se refiere al segundo balcón o galería de un teatro, el cual es relevante, porque la película muestra las vidas personales de los dramaturgos. El concierto de Camera Obscura fue una de las ideas para cita que yo le había propuesto a Tokimonsta un par de semanas antes. Aunque ella no estaba conmigo esa noche, nos imaginé bailando mientras que la banda tocaba su canción "Break It To You Gently", cosa que le daba a la noche un ambiente quijotesco, romántico.

El sábado 22 de junio de 2013, fui a una fiesta en el Museo de Arte del Condado de los Ángeles para celebrar el final de la popular exhibición temporal de Stanley Kubrick. Le había propuesto a Tokimonsta visitar este espectáculo conmigo semanas atrás cuando nos vimos en Hollywood, pero al ser un gran fanático de Kubrick, no me la iba a perder, así fuera solo. Presencié las exhibiciones y después bailé al ritmo de un DJ como parte de la parranda de cierre.

El 25 de junio fue mi cumpleaños 40. El día fue igual que cualquier otro martes y terminó con una clase de yoga para, esperásemos, mantener mi salud por cuarenta años más. Tokimonsta anunció en redes sociales que volaba para varias fechas de gira en Australia y Nueva Zelanda. Deseaba también poder verla ahí.

El sábado 29 de junio, asistí al Festival del Mariachi en el Hollywood Bowl. Tenía poca experiencia con Mariachis, originarios del oeste de México, pero ya con mi reciente viaje a ese país estaba listo para una dosis más concentrada de su cultura. Para el Festival del Mariachi no me presenté como mimo, pero sí llevaba la playera versión español de concientización de donación de sangre, con las palabras "Donar Sangre". Estaba preparado para diseminar la idea de donar sangre, pero la encontré como una experiencia más educativa que de activismo. Permanecí sentado escuchando y observando a los grupos de Mariachi. Tenían tonos musicales diversos, incluyendo polka, rock y hip-hop. Yo aprecié tal traslape. Conforme continuó la noche, la música subió de volumen y los ritmos se hicieron más pronunciados, mientras que los golpes y el bajo se hicieron audaces. Me levanté de mi asiento para bailar un par de melodías antes de irme.

Al inicio de julio, seguí de cerca las transmisiones sociales de Tokimonsta que daba noticias de sus aventuras en Australia y Nueva Zelanda. Estaba inspirado para crear mezclas de música originaria de ambos países. Esto me pareció un proyecto de investigación sugerente conforme aprendí de las décadas de historia musical. Busqué las canciones nativas clásicas de hiphop de cada país y me allegué de las composiciones viejas grabadas del punk así como las populares para las mezclas. Mis favoritas incluyeron la canción de punk rock de *Regurgitator* de 2004: "Shopping Mall Soul" y la inolvidable melodía del artista de hip-hop Bias B, "Melbourne Memories". Coincidentemente, aprendí que el 26 de enero es el Día de Australia, algo así como el Cuatro de Julio en los Estados Unidos. El Día de Australia suele ser una ocasión para hacer debates y protesta respecto a la preocupación de las culturas autóctonas que estaban ahí antes de que el continente fuera colonizado. Este día feriado de enero además es justo el día del cumpleaños de Tokimonsta. Decidí llamar a mi mezcla de música australiana *Australia Day* pero, en mi corazón, la asociaba con Tokimonsta ya que su cumpleaños era el mismo día. Esta conexión me dio felicidad y animosidad.

El martes 9 de julio de 2013, dormí una breve siesta después de trabajar. Me desperté y me puse mi maquillaje y playera personalizada con las palabras "Check Yo Blood" al frente y "Donar Sangre" pero en inglés, atrás. Esta noche fue la primera de las tres presentaciones de Tokimonsta que planeaba ver en julio. Manejé a la zona de Silver Lake donde se ubicaba este club nocturno. Llegué ahí temprano y entré rápido, porque no había fila. Tokimonsta era la artista principal, de forma que no iba a comenzar a tocar sino hasta en un par de horas. Al bailar al ritmo de los artistas de apertura, pensé que bailar por tanto tiempo se había hecho algo tedioso, pero yo tenía que continuar. Entre actos, vi a Tokimonsta caminar rápidamente frente a mí, dirigiéndose a una mesa que vendía sus artículos. Mis emociones y cuerpo se electrizaron ante su cercanía. Aunque ella jamás me llamó, de alguna manera sentí que mi ajuste al tema de donación de sangre la había tocado en su psique.

La multitud esa noche era joven y ferviente, especialmente para una noche de martes. Yo permanecí atrás en el club, en el que ya no había más espacio para moverse. Tokimonsta comenzó su actuación para el espectáculo con localidades totalmente vendidas. Durante el concierto, el artista invitado Gavin Turek cantó mientras Tokimonsta tocaba música. Turek se especializa en grabaciones de temática disco y aparece en algunas de las canciones más populares de Tokimonsta. Parte del público al frente en el club, que estaba a reventar, bailaba efusivamente. Yo parecía ser casi del doble de edad que muchos de los asistentes y me mantuve a distancia, porque tenía trabajo al siguiente día y quería evitar contusiones u otras lesiones. Después de terminar la música, pensé en quedarme para ver si ella iba a hablar con sus fans, pero necesitaba descansar, por lo que luego volví a mi auto.

Manejando a casa, pensé sobre el resto de julio. Pensé sobre la forma en que mi infatuación había evolucionado desde los meses pasados. Estaba emocionado por los viajes planeados para ver a Tokimonsta tocar, lo que también me dio la oportunidad de escapar de las presiones del trabajo. Con todo, fue algo agridulce, ya que ella no me llamó jamás. Yo estaba orillándome a una zona muy emocional mientras que encontraba un sutil rechazo. Gran parte de mi vida adulta la había pasado soltero, de modo que este estado de independencia no era nuevo. Estaba infatuado con Tokimonsta, pero había encontrado un método para canalizar esta energía a una causa social positiva. De no ser por ella, seguramente no estaría haciendo todo esto. Me encontraba en relativo control de mi vida; no obstante, el trabajo no era tan satisfactorio como hubiera querido. Tal vez esperaba demasiado. Con estas aventuras de fin de semana, mis días se habían hecho más tolerables y el tiempo pasaba con más fluidez. Había encontrado una nueva salida creativa al combinar el baile y el activismo social en estos conciertos, así como al generar mezclas musicales inspiradas en los sitios de gira de Tokimonsta. Y también hacía anotaciones de diario con frecuencia, imaginando que de alguna manera, al contar con el tiempo, podría crear una especie de escrito o historia, justo como lo que tú lees ahora. Aún no estaba listo para tirar la cuarta pared, así que continué, tal vez a veces pensando ingenuamente que ella había perdido mi tarjeta de negocio o que estaba demasiado ocupada para llamarme. Era de pensarse que ella tenía relación con alguien. ¿Tenía alguna importancia la razón de su falta de contacto conmigo si yo me encontraba estable, productivo, creativo, y no le molestaba? De ser yo una molestia, ¿ella me lo diría?

LOUISVILLE, KENTUCKY

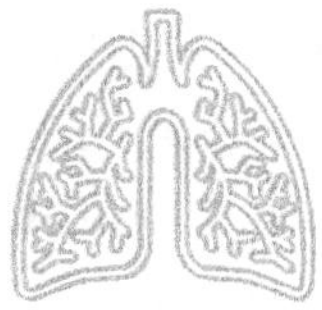

LOUISVILLE, KENTUCKY, habría de ser la segunda ciudad fuera de Los Ángeles donde vería a Tokimonsta. Ella se tenía que presentarse en un evento de arte y música llamado el Festival de Forecastle, ubicado a las orillas del Río de Ohio. Además de Tokimonsta, otros DJs y bandas reconocidas, como los Black Keys, estaban en la alineación.

El viernes 12 de julio, a las 5:30 A.M., manejé desde casa en Burbank al Aeropuerto Internacional de Los Ángeles para viajar a Kentucky. La primera parte del viaje fue hacia Atlanta. Al llegar ahí, el clima era lluvioso y mi vuelo de conexión a Louisville se había retrasado. Afortunadamente, yo viajaba el día antes de que Tokimonsta se presentara, así que no me preocupaba. A mediados de julio, el clima del sur es caliente y lluvioso, y son comunes los retrasos. El vuelo finalmente se dispuso y aterrizamos en Louisville alrededor de la puesta de sol. Yo tomé el último camión de la noche al centro. Me pregunté si los otros viajeros terminaban su trabajo por el día, comenzaban su turno, se reunían con familiares o amigos, iban de compras, o solo viajaban para alejarse de casa. Finalmente, llegué al centro de Louisville y caminé al hotel. Cené en un restaurante cercano y luego me fui a dormir.

En la mañana del sábado, exploré las calles del centro de Louisville y encontré una oficina corporativa de tamaño considerable. El propio edificio era una estructura de hierro renovada que se había construido a principios de los 90. Contemplé el enfoque cambiante de nuestra economía, de las manufacturas hacia el cuidado de la salud. Yo había trabajado en cuidados de la salud la mayor parte de mi carrera; el trabajo jamás acaba y es algo que necesitamos en un momento u otro. La mortalidad, si bien no siempre la tenemos presente, es un tema incesante en el arte y algo que, conforme envejezco, considero con mayor frecuencia.

Después de desayunar, regresé al hotel para prepararme para ver a Tokimonsta en el Festival de Forecastle. Me puse mi maquillaje blanco de mimo con la adición de cruces rojas en mis mejillas para simbolizar al cuidado de la salud. Me puse la misma playera que usé en el Día de Rememoración en Detroit, con una bandera de los Estados Unidos al frente y "healthcare.gov/marketplace 1/10/2013" detrás.

Necesitaba algo original para este festival, así que llevé una copia impresa del libro de Haruki Murakami *Kafka en la Orilla* que había sido inspiración del más reciente álbum de Tokimonsta. Semanas antes, había encontrado una impresión del Reino Unido de *Kafka en la Orilla* a la venta en Internet. Me gustó el diseño de la portada de esta edición, ya que el título se podía leer a la distancia y contaba con la imagen de un gato y un disco de vinilo en la portada. Durante los pocos meses anteriores, había estado viviendo en dos mundos, pasando la mayor parte de la semana en un escritorio como gestor de proyectos para cobertura de salud, y mis fines de semana como actor/activista de base con infatuación romántica. Bailar en el festival de Louisville con el libro inspiración para el nuevo álbum de Tokimonsta sería la combinación perfecta para hacer distintivo este viaje.

Llegué justo a tiempo para la apertura del festival. El clima era templado y hermoso — ni tan húmedo, ni caliente, ni frío; era casi perfecto, con una leve brisa. Después de ver las esculturas temporales, el arte del festival y las cabinas, caminé al escenario donde Tokimonsta iba a tocar. El área estaba ubicada bajo una vía rápida en Waterfront Park, cerca del Río Ohio. Aseguré un sitio donde estaría lo más cerca de Tokimonsta y comencé a estirarme.

Tras un par de horas bailando, vi estacionarse una pequeña vagoneta de pasajeros. Tokimonsta iba sola en el asiento trasero. Agradecido, bailé y la vi hasta que desapareció detrás del escenario. Veinte minutos después de su llegada, se anunció en los altavoces que el festival se evacuaría a causa del clima. Eso me desconcertó, porque el clima se veía tranquilo. Había algunas nubes y poco viento, pero nada de lluvia ni rayos. Estaba preocupado, ya que cerrar el festival entonces significaba que la presentación de Tokimonsta probablemente se cancelaría. ¡Vaya momento!

Caminé junto con la multitud para salir del festival y esperé justo detrás de las puertas. Las personas hablaban de un concierto que había habido cerca en Indiana y, durante una tormenta, había resultado en personas muertas y lesionadas, así que las autoridades aquí, con justa razón, intentaban evitar un incidente similar. Una vez que resultó obvio que el clima severo no iba hacia el festival, los organizadores y la policía comenzaron a readmitir a la gente. Yo pasé a través de la seguridad y nuevamente me aproximé al escenario para así no perder mi oportunidad de ver a Tokimonsta. En una pantalla, notificaron que la presentación de Tokimonsta se había reprogramado para dentro de un par de horas. Estaba deleitado y reconfortado de que tendría la oportunidad de verla tocar de nuevo.

La actuación de mitad de verano de Tokimonsta en Kentucky fue enérgica. Sus movimientos resultaban fluidos y dinámicos, combinados con atención inteligente y con seguridad a los instrumentos. Muchos en la multitud bailaban con empeño y estaban muy animados. Con mi maquillaje puesto, esperaba que ella me notara. Grité el nombre de Tokimonsta un par de veces y tomé algunas fotos. Al verla, me torné emocional y ligeramente melancólico, ya que había viajado tan lejos por segunda vez para verla, aunque ella no me había contactado.

Después de la presentación de Tokimonsta, ella conversó, se tomó fotos y firmó autógrafos al lado del escenario. Acudí para ver si podía tomarme una foto con ella, pero ella se fue de la zona antes de que yo pudiese hablarle. Perdí mi oportunidad. Rápidamente me sentí abatido y me senté en el piso. Debiera de haber tenido mayor madurez emocional y que no me hubiera importado algo así, pero mi infatuación me pegó. Me senté ahí, pensando sobre el siguiente paso. Tokimonsta salió del área del escenario y comenzó a caminar entre la multitud. Me apresuré a acercarme y pedir tomarme una foto con ella. ¡Ella accedió! Su representante, acompañándola, dijo que él era fotógrafo y que tomaría nuestra foto. Ella me recordó de Hollywood. Le platiqué que también tenía planes de verla en Seúl, aunque sería noche de desvelo porque ella estaba programada para tocar después de las 2 A.M. en Seúl. Justo al tomarse la foto, grité la palabra *kimchee*, cosa que, había leído, era una costumbre coreana. De inmediato me sentí algo incómodo por si ella interpretaba que yo la estaba reduciendo a un estereotipo. Pensé que le podría impresionar mi investigación sobre esta tradición al tomar fotografías, ya que un perfil de internet la describía como una líder intergaláctica de escuadrón kimchee. Después de la foto, Tokimonsta desapareció en el abarrotado festival.

Con la foto digital guardada en mi teléfono, proseguí en mi misión de bailar y concientizar acerca del Mercado de Atención de Salud. Nadie me preguntó acerca del Mercado, pero sí me llegaron a preguntar por el libro con el que bailaba. Expliqué la conexión de la novela *Kafka en la Orilla* con el nuevo álbum de Tokimonsta *Half Shadows*.

Los Black Keys eran los últimos a tocar en la noche. Se presentaron en un escenario grandísimo. Su música de rock era entretenida y yo completé mi baile final con el libro en mi mano. La noche terminó con un estandarte desplegado desde arriba en el escenario, que tenía el nombre del grupo escrito con luces brillantes.

Yo anduve a la par de la multitud y caminé a mi hotel, recordando los acontecimientos del día. Recordé la imagen de Tokimonsta y yo juntos. La publiqué en internet y me emocioné, como si hubiera desafiado la proverbial cuarta pared que separa a los artistas de sus presentaciones y audiencias, habiendo sobrevivido.

De mañana, fui en taxi al aeropuerto para tomar mi vuelo de regreso a casa a Los Ángeles. En el aeropuerto de Louisville, una línea de seguridad exprés tenía un letrero con un caballo en la imagen, con clara referencia al bien conocido Derby anual de Kentucky.

La primera parte de mi vuelo transcurrió de Louisville a Memphis y llegó después de lo planeado. Corrí de sala a sala en Memphis para abordar el vuelo a Los Ángeles apenas a tiempo. En el avión hacia casa, pensé acerca del hecho de que este verano ya había visto a Tokimonsta cuatro veces, había hablado dos veces con ella, me había tomado fotos con ella y había viajado por el país en mi búsqueda. Ella podría no estar interesada en salir conmigo, pero al menos no me desanimaba respecto a unírmele en sus aventuras musicales.

Volver a Empezar [a Seúl]

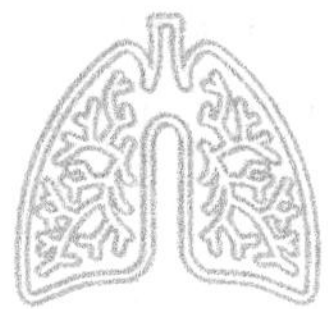

Concluido el viaje a Kentucky, me concentré en planear mi viaje a Seúl. Jamás había viajado a Corea y la idea de ir ahí para ver a Tokimonsta en el Festival de Rock Ansan era emocionante. De forma similar a Detroit, Los Ángeles y Kentucky, necesitaba de un motivo consecuente adicional para esta búsqueda internacional. Visualicé otra iteración de una misión de concientización de la salud exclusiva para Corea del Sur. Mi mente de inmediato se conectó al asunto del uso del tabaco en Asia. Fumar es más prevalente en Asia y suele percibirse como signo de sofisticación, como solía ser antes en América. Siendo yo un antiguo fumador, descubrí que la calidad de mi vida cambió dramáticamente al dejarlo. Renunciar a los cigarrillos me hizo más fuerte, más feliz y más productivo. Yo deseaba personalizar un mensaje para quienes ya pensaban en dejar sus cigarros, dándoles esperanza de que también ellos/as podrían vigorizar sus vidas. Cuando yo era adicto, el concepto de que uno siempre puede empezar de nuevo ha resultado empoderante. Repetidamente tenía recaídas, pero siempre había una oportunidad de volver a empezar.

Al prepararme para Seúl, compré una playera de Tokimonsta en línea. Esta llegó por correo pocos días después. Conduje al taller donde había completado el trabajo fenomenal para la campaña de donación de sangre. Se personalizó la parte posterior de mi flamante playera con las siguientes frases (en coreano) para animar a quienes intentaban dejar de fumar:

Contratiempos

Es difícil dejar de fumar.
La mayoría lo intenta muchas veces antes de triunfar.
Si tú fumas, no te des por vencido.
Recuerda cuántas horas has superado.
Recuerda tu razón para dejarlo.
Recompénsate por tu voluntad y valor.

El jueves 25 de julio de 2013, regresé a casa después de trabajar para concluir mi labor de empacar para el viaje a Seúl. Me esperaba un envoltorio grande. Dentro estaba la partitura de la canción de Cole Porter, "Begin the Beguine", impresa en 1940. Yo había comprado este ítem de colección en línea hacía unas cuantas semanas. La edición del Reino Unido de *Kafka en la Orilla* de Haruki Murakami tenía una sola inscripción de cuarenta y cinco pulgadas en la portada, y en letras pequeñas, se podía ver el número de edición de la grabación de Julio Iglesias de "Begin the Beguine" o 'Volver a Empezar'. Yo había investigado la canción y encontré este arreglo de piano y una copia del disco compacto de Iglesias a la venta en Internet. Salí y tomé una foto de la partitura al sol brillante y la publiqué en línea.

Hurgaba en los tiempos pasados para tener inspiración musical para este viaje.

Manejé a LAX, estacioné y tomé el traslado al aeropuerto. Jamás había estado en la terminal internacional y me emocionaba caminar debajo de una señal colosal con una multitud de destinos exóticos con partida en Los Ángeles. Me registré, pasé por seguridad y vagué. Vi los doble piso, 747 de ancho completo y A380 preparándose para su viaje para cruzar el océano. Caminé a mi sala y encontré multitudes de pasajeros esperando volar al extranjero. Me llevé una revista con artículo de portada acerca de Tokimonsta y la leí en anticipación al viaje.

Se anunció y finalmente abordamos el 747. Estando en el aire, vi las noticias y leí la revista de la aerolínea. La publicación incluía un artículo acerca de Franz Kafka y me pregunté por qué la aerolínea tenía historia de portada acerca de Kafka en 2013. No leí el artículo, pero me avispó su presentación gráfica.

A las 4 A.M. del sábado 27 de julio, yo era el último en bajar del avión. Pasé por aduanas sin novedad. El personal era por demás profesional y no me sentí fuera de lugar a pesar de mi explicación de que planeaba asistir solo unos días para un festival musical antes de volar de regreso a EE. UU.

Contaba con dos horas antes de que el primer tren del aeropuerto saliera al centro de Seúl. Incluso a esa temprana hora había unas cuantas tiendas y restaurantes abiertos en el aeropuerto. Recordé leer años atrás que el Aeropuerto Incheon había sido declarado el mejor aeropuerto del mundo pero, excepto por que las tiendas estuvieran abiertas a las 4 A.M., ninguna otra cosa se me hizo tan extraordinaria.

Mi primer objetivo era recoger el dispositivo portátil de internet inalámbrico que había reservado para mi viaje. Yendo a recogerlo, vi otro proveedor de wi-fi con un letrero brillante y colorido que anunciaba sus servicios. Siendo consumidor, me pregunté si había hecho la elección correcta.

Caminé a una cabina hasta el final del aeropuerto y mostré al caballero del mostrador una copia de mi reservación. No tenía prisa y comencé a pensar con calma conforme se asentó en mí el hecho de que estaba en Corea. El hombre abrió un estuche azul rectangular tipo polvera y sacó de este un dispositivo pequeño, que activó y me solicitó que probara. Me conecté, probé una aplicación de prueba de velocidad de conexión y confirmé la conexión rápida. Me preguntó si deseaba también un cargador, ya que incluía un enchufe de pared (diferente al de América); tomé tal cosa también. Seguidamente me informó del costo en caso de que el dispositivo sufriera daños. El proceso de atención se completó en cuestión de minutos.

Había algunas personas durmiendo en los asientos. Yo estaba cansado y aún me quedaba una hora antes del tren para el centro de Seúl. Ingresé a una de las tiendas abiertas buscando algo para beber. Al alcanzar una bebida vitamínica, accidentalmente tiré mi teléfono y este terminó bajo el refrigerador. Quedé estupefacto con este accidente, pero algo tenía que hacer. Me agaché y miré debajo, pero no podía ver el teléfono. Me dio pánico y me afané en meter la mano. Uno de los trabajadores me vio y le expliqué que se me había caído mi móvil. Poco después, salió una luz debajo del aparato conforme el empleado usó un dispositivo telescópico de metal para buscar. El teléfono salió deslizándose hacia mí — desastre evitado —. Agradecí al hombre y compré la bebida. Me pregunté cuántos clientes habrían tenido la misma experiencia. ¿Era algo que pasaba a menudo ahí?

Me senté en una banca e intenté relajarme. Intenté entrar a Internet, pero no funcionaba la conexión. Regresé al mostrador y el encargado me explicó que este no siempre podía funcionar en el aeropuerto, pero que ciertamente funcionaría en el subterráneo. Dado que los teléfonos no tienen conexión en los túneles del subterráneo en Los Ángeles, me sorprendió esta respuesta.

Dejé el área concurrida del aeropuerto y bajé por unas escaleras eléctricas. Las escaleras se movían únicamente cuando alguien se subía — cosa no vista en América —. Me pregunté acerca de esto, suponiendo que ahorraba electricidad. Al bajar, vi una sala enorme con techos altos y paredes curvas. Me parecía que había entrado al futuro. Esta gran sala estaba decorada como un enorme palacio de hielo.

Encontré un kiosco de computadora para comprar boletos de tren, pero me tomó cierto tiempo el comprender la pantalla táctil. Finalmente, encontré el botón de inglés y compré un boleto para el viaje al día siguiente temprano al centro de Seúl. Era un boleto de papel, pero entendí que tendría un chip en el interior, porque lo pasé por la entrada y vi aparecer un número brevemente en la pantalla.

Entonces descendí en escaleras hacia la plataforma de subterráneo. El viaje fue lo suficientemente largo como para que capturara un video rápido. En la parte inferior había un gabinete de suministros de emergencia, lo que me recordó las noticias de los ataques de sarín del subterráneo de Tokio. Supuse que habría muchas explicaciones respecto a por qué tendrían que estar preparados ahí para un desastre. Tomé unas cuantas fotos pero aún no tenía conexión de red.

Apenas unos minutos antes del primer tren del día, escuché a alguien junto a mí hablar de un servicio expreso. Decidí no arriesgar perder mi tren planeado al buscarlo. Unos seis minutos después de la hora programada, salió un tren y se abrieron las puertas. Me subí y admiré el interior moderno y lustroso de plástico blanco; había monitores de color en todas partes. El tren comenzó su marcha, y fue un viaje silencioso y apacible. Me encontraba emocionado e impresionado. Pronto Internet comenzó a funcionar con el aparato rentado, y publiqué imágenes y videos breves. ¡Red de nuevo!

La parada del metro más cercana a mi hotel era la Estación Hapjeong. Para llegar ahí, tenía que transbordar en la Estación Seúl. El viaje tomó casi una hora antes de finalmente llegar a Seúl. Al estudiar el mapa del subterráneo, me percaté que estaba apenas a unas estaciones de la Estación del Ayuntamiento. Decidí que esta desviación sería una buena introducción a la ciudad. En el Ayuntamiento, el subterráneo tenía varias salidas, cada una de ellas numerada. Encontré una salida para "Ayuntamiento", pero una barda bloqueaba el paso. A las 6 A.M. en sábado no me sorprendía que el Ayuntamiento estuviese cerrado. Encontré otra salida con escaleras para subir.

Ascendí a nivel de calle y gocé de una visión de la amplia vía pública en el centro. Había enormes camiones de tour, el edificio del Centro de Prensa Coreano, y el enorme y futurista edificio para el Ayuntamiento de Ciudad de Seúl. La construcción en su conjunto me recordó al edificio Caltrans en Los Ángeles, pero con diseño oval, saliente, de 3D al frente. Tomé algunas fotos y las subí a redes sociales. Sin querer, toqué "enviar" dos veces y sobrepuse el filtro. Este procesamiento dio a la toma filtros de verde oscuro y púrpura, como si el edificio fuera de una película de ciencia ficción. Yo estaba tan complacido con esto que decidí grabar un video del tráfico en la calle. Primero, me pregunté por qué a alguna persona le iba a interesar este video pero, en vista de lo que había hecho para estar ahí, la perspectiva de madrugada me parecía digna de notar. También intenté capturar la esencia arquitectónica del edificio de la asociación de la prensa, más bien convencional, en comparación con el más aventurado Ayuntamiento de Ciudad de Seúl.

Ya era hora de continuar, pero primero tenía que recargar mi tarjeta de tránsito. Ya dentro de la estación, me encontré con el dilema de decidir qué máquina expendedora usar. Encontré una máquina que dispensaba tarjetas "T-money", cosa que asumí era una especie de moneda digital; esta tenía una pantalla táctil con opciones en inglés, pero solo un espacio para meter dinero, sin ranura para tarjeta de crédito. Intenté agregar dinero, pero esta solo rechazaba mis billetes, así que me rendí e intenté otro kiosco. Una mujer cerca de mí intentó hacer funcionar un dispositivo similar. Tampoco tuvo suerte, pero siguió intentándolo. Finalmente, la máquina expidió una caja que ella abrió para retirar una tarjeta y entonces abonarle valor. Yo seguí los mismos pasos y tuve la opción entre una tarjeta más cara y una con un diseño que tenía plasmada la palabra "Seúl". Compré el diseño de Seúl, pensando que tal sería un recuerdo simbólico del viaje.

Esperé a abordar el subterráneo hacia la estación de Hapjeong. En Hapjeong yo iba a abordar un autobús al festival musical al día siguiente. Una vez en Hapjeong, seguí las instrucciones impresas para la parada del transporte de camión para el festival. La Salida 9, avanzar doscientos metros, y en la intersección avanzar a la derecha por cien metros. Yo no vi nada parecido a una parada de autobús para el festival. Consideré si acaso mi estimación de un metro era desatinada, toda vez que estaba acostumbrado a calcular en pies, siendo americano. No podía leer coreano, entonces ¿cómo estar seguro?

El festival duraría tres días, y el día dos iba a comenzar en la tarde, así que esperaba ver señalamientos. Pero no vi nada. Arrastré sin beneficio mi equipaje por la larga cuadra que rodeaba a la estación. Estaba fatigado, algo sudoroso y frustrado, pensando que este viaje al festival musical no sería exitoso. ¿Tal vez podría cambiar mi boleto de transbordo para mejor salir de la Estación de Seúl? En ese momento no podía hacer nada. Necesitaba obtener direcciones para caminar al hotel con mi *smartphone*, pero la guía por móvil para caminar no era una opción ahí. Estaba cansado, así que paré un taxi. Al subirme, el conductor leyó la dirección en mi reservación y la ingresó a su GPS. Varados en tráfico, vi que algunas de las luces de semáforo tardaban muchísimo en cambiar. Pensé si acaso esto era un método ex profeso para mantener o incluso desincentivar el tráfico en la calle. ¿Era que los largos tiempos de espera en los semáforos causaban que menos personas intentaran ganarle al semáforo, o acaso las esperas largas eran el tiempo óptimo para el flujo integral?

El taxi llegó a mi hotel. Un letrero en inglés lucía fuera del edificio, anunciando el "Hostel Twin Rabbit", algo así como el hostal de conejos gemelos. Me sentía bien acerca de este sitio. Un par de hombres trabajaban en una escalera en su exterior. Encontré la puerta frontal, más no había nadie ahí. Intenté usar un interfono para comunicarme con la recepción, sin tener éxito. Vi un número de teléfono pero estaba desconcertado, porque no creía que pudiera hacer una llamada local en Corea del Sur usando mi aparato. Uno de los trabajadores se acercó y se ofreció a marcar el teléfono para mí. Telefoneó y me dijo que alguien vendría.

Llegó el administrador del hostal y me mostró el código de la puerta frontal, luego me condujo escaleras arriba a mi habitación en el cuarto piso. La habitación era pequeña pero cómoda, con apenas suficiente espacio para el equipaje y relajarse. Él me señaló los controles para una TV de tamaño mediano y me informó que no había computadora. Comprendí que no podría cambiar mi boleto para el camión de traslado al festival desde ahí. El administrador me demostró como fijar el código electrónico para la puerta y activar el aire acondicionado. Finalmente, me dio referencia de un sitio para desayunar cercano.

Fuimos al otro edificio, que estaba a una cuadra de distancia. El sitio era como una inmensa y asoleada cocina con una amplia mesa e imágenes en la pared. Había pan, un tostador, una máquina de café y una computadora en un mostrador.

No había conexión del sistema a Internet. El administrador intentó usar su *laptop*, pero tampoco funcionó. Intenté el dispositivo inalámbrico portátil del aeropuerto; funcionó con su *laptop*. Intenté obtener el boleto de transporte al festival saliendo de la Estación Seúl, pero ya no había disponibilidad. Consideré arriesgarme e ir ahí para explicar que no podía haber encontrado la salida de camión en Hapjeong. El administrador confirmó que mi interpretación sobre las indicaciones para la parada del transporte había sido correcta.

Estaba cansado, a la vez que ansioso, así que tomé algo de café. El anfitrión me preguntó sobre mi pago durante mi estancia. Eso me desconcertó, porque pensaba que las transacciones se habían concretado mediante reservas en línea. No aceptaba tarjetas de crédito, y yo no llevaba suficiente dinero para la reservación. Entonces me indicó cómo llegar al banco y a la estación de metro más cercana.

El camino al banco en el distrito Hongdae no tenía tráfico y estaba alineado con una variedad de tiendas y restaurantes pequeños. Camino allá, vi un edificio que parecía ser un bar con una señal que decía "Tok's", cosa que me recordó a Tokimonsta. Una vez en el banco, usé mi tarjeta americana de cajero automático para retirar suficiente dinero para mi estancia.

Regresé al hostal y pedí a los trabajadores de nuevo ayuda. Me sentí mal de importunarles, pero deseaba quitarme del problema del pago. El señor llamó en el teléfono y me dio el auricular. Hablé con el anfitrión y dije que le vería en el edificio de desayunos en unos minutos.

Encontré nuevamente al dueño y le entregué el dinero para cubrir mi estancia de tres días. Antes de salir, le pregunté por qué el establecimiento se llamaba el *Twin Rabbit*. Me explicó que el nombre se derivaba del hecho de que tenía dos hijas gemelas — sus "conejitas gemelas" — y me mostró unas fotos de las gemelas en la pared. Entonces le platiqué de cómo había escogido al hostal — porque el "Toki" en el nombre de Tokimonsta significa "conejo", así que pensé que el Hostal de Conejos Gemelos sería el sitio perfecto para dormir durante mi aventura para verla en Seúl. No esperaba encontrarme con una historia personal tan apreciada al llegar ahí. Tomé un pequeño video del anfitrión contando la historia de su hostal, incluyendo la grabación de las imágenes de sus hijas gemelas en la pared de cocina. Le pedí que repitiera su recuento en coreano, esperando que este se viese más natural, con auténtica emoción. Finalmente, le intenté impresionar con una interpretación impromptu de una canción coreana tradicional para niños; se llamaba "Santoki", que significaba "conejo de montaña".

Regresé a mi habitación en el edificio del hostal principal para desempacar y bañarme. Dormí una pequeña siesta. Al despertarme, no salía agua caliente. Así que me bañé con agua fría. Al secarme y vestirme, decidí intentar encontrar de nuevo la parada del transporte al festival musical en la Estación de Hapjeong. De no haber funcionado a las 6 A.M., tal vez tendría éxito a las 10 A.M. Al salir, vi a una empleada que hacía labores de lavandería. Le pregunté acerca del agua caliente. La mujer me preguntó si había encendido el interruptor. Le pedí su ayuda y la seguí a la habitación. Me mostró los controles de aquello que yo pensaba era el aire acondicionado; ahí había un botón para el agua caliente. Ella se rió de mí momentáneamente y me preguntó cómo era que había tomado una ducha fría.

Con bríos, ya habiendo resuelto el misterio del agua fría, avancé a las calles del Distrito Hongdae. Caminé por la larga calle de tiendas y eventualmente encontré la entrada a la Estación de Subterráneo de la Universidad Hongik. Tomé la línea verde hacia la Estación Hapjeong. Seguí de nuevo las instrucciones, tomando la Salida 9 de la estación. Después de caminar algo así como una cuadra, ¡vi, sobre la acera, un letrero grande para el Festival de Rock de Ansan Valley! Me llené de optimismo, siendo que los planes del viaje iban resultando. Esperaba ver a Tokimonsta a la noche siguiente en el festival. Tomé una foto de la parada del letrero del transporte del festival musical y la publiqué en línea.

Ya con hambre, tomé algo de café y una dona de una cadena americana en la estación de subterráneo. En el puesto, me ofrecieron burritos kimchee, té verde y donas de judía roja. Pedí té verde, dona y café pequeño. Comí e intenté ver a la gente conforme planeaba el resto del día.

Además del festival musical, tenía pocas opciones para las excursiones culturales en Seúl. Ahora tenía que decidir a dónde y cuándo ir. Un juego de béisbol que empezaba a las 6 P.M. me daría la oportunidad de ver cierta cultura coreana de varias generaciones. También deseaba visitar el Archivo de Cinematografía Coreano y el Centro de Arte de Nam June Paik.

Tras calcular las rutas y tiempo estimado para el viaje al Centro de Arte de Nam June Paik, decidí esperar hasta el final del día después del festival musical. Me encontraba a unas cuantas estaciones de distancia del Archivo Cinematográfico de Corea, lo que lo convertía en el sitio más apropiado para visitar inicialmente.

Era un sitio tibio y húmedo. Yo tenía una sombrilla, pero no había visto lluvia, aunque se pronosticaba lluvia para el día siguiente, el día del festival musical. Con suerte, lloviera o no, el espectáculo se daría.

Tomé el subterráneo de Hapjeong a la Estación Digital Media City, luego abordé un autobús para acercarme más al archivo cinematográfico. Después de un viaje breve, crucé un bulevar largo y caminé por la ruta peatonal entre los edificios. Las estructuras se veían futuristas e impresionantes, diferentes a cualquier otra memoria mía, y aún se trabajaba en muchas de estas. En este vecindario corporativo, un edificio bajo construcción aparentaba ser un enorme estadio de fútbol o nave espacial, mientras que un par de estructuras de taller detrás de este estaban conectadas por un puente aéreo. Me pregunté si así hubiera ocurrido en la década de 1950, cuando los Estados Unidos tuvieron similar bonanza de construcción y crecimiento económico acelerado.

Encontré el Archivo Cinematográfico de Corea, construido con paneles de madera al nivel de la calle y una torre de cristal reforzado. Tomé fotos antes de entrar. En el lobby, descubrí que la entrada era gratuita. La mujer del mostrador me preguntó si yo hablaba inglés y me ofreció audífonos para que así pudiera escuchar una narración de las exhibiciones. Había ciertas dificultades técnicas con el mini-reproductor de audio: se regresaba continuamente a la primera pista; podría ser mi error como usuario, pero agradecí su disposición a brindármelo. Al inicio del área de exhibición, un académico daba lección en coreano a un gran grupo de niños.

Dentro de las paredes del archivo, mis aventuras en tránsito se hicieron una memoria distante conforme me concentré en la historia del cine coreano, desde los intentos tempranos de imágenes en movimiento hasta la actualidad. Tomé fotos y grabé videos de los detalles y aparadores del museo. Siendo un estudiante amante del cine, me emocionó hacer esta peregrinación a la institución de cine nacional de Corea. Exploré una biblioteca llena de estudiantes que leían, veían y escuchaban medios en cubículos. Inspeccioné los anaqueles y encontré una colección de programas de los anteriores festivales de cine de Seúl. En uno de los niveles superiores, había un pasillo lleno de vastas pilas de rollos de filme. Después de un par de horas en el museo, tenía la mente estaba saciada con imágenes, palabras y pensamientos. Momento de seguir.

Abandoné el archivo y caminé al área donde el autobús me había dejado. No tenía mucho tiempo antes de que comenzara el partido de béisbol, así que tomé un taxi de regreso al hostal. Durante el viaje, vi los autos en la calle y pensé en la historia del cine coreano y el negocio de las películas en general, incluyendo su influencia en Asia y los vínculos con Japón y China.

Llegué al hostal y me di una muy necesitada ducha caliente. Me puse mi playera con el texto en coreano que alentaba a la gente en su lucha por dejar de fumar, pensando que alguien pudiera leerla y resultar inspirado. De nuevo caminé a la Estación de Universidad Hanjik y tomé dos líneas de tren hacia el anterior estadio Olímpico.

El área alrededor del Estadio de Béisbol Jamsil estaba llena de actividad, vendedores y comensales. Fui a la taquilla para comprar un boleto. El juego de esa noche era importante, ya que los equipos eran los Osos de Doosan y los Gemelos de LG, ambos de Seúl y compartiendo el mismo estadio de casa. Antes de sentarme, esperé en un área donde la gente fumaba. Pensé si habrían de notar mi playera, leerla, e incluso que les importara. Habiendo sido yo fumador, me percato de cuán difícil es dejar el cigarro; pueden ser semanas, meses o años cuando ni siquiera puedes dejarlo.

Dentro del parque, había mucho ruido, Los coreanos han llevado el béisbol a un nuevo nivel de participación de la audiencia. Durante el juego, las tribunas estaban llenas de movimiento constante conforme la gente vitoreaba y cantaba canciones. Casi todo el mundo tenía tubos de plástico inflables que accionaban en conjunto para hacer ruido. A mí me emocionaba ver que la gente se movía en sus asientos y usaban sus voces, lo que seguramente estimulaba su circulación sanguínea y salud general.

Usé el dispositivo inalámbrico de Internet rentado para llamar a mi padre, que vive en Ohio. Es un fan del béisbol, así que pensé que a él le emocionaría saber que yo estaba en un partido. Apenas le pude oír con el ruido de la multitud. Ya que habrían de ser las 6 A.M. en su zona, la llamada fue breve.

Con toda la actividad visceral del béisbol, la noche transcurrió rápidamente. Los Gemelos de LG derrotaron a los Osos de Doosan, nueve a cinco. Permanecí sentado mientras que la multitud desalojaba y observé lo que seguro fue un ritual bien practicado de limpieza del estadio. Como equipo metódico, llenaron bolsas de basura y las deslizaron bajo las escaleras, casi al unísono, lo que creaba un sonido de eco único.

Abandoné el estadio y descubrí que había comenzado a llover. Afortunadamente, traía mi sombrilla. Fui en subterráneo de regreso a Hongdae, luego compré suministros saludables en una tienda de comestibles y caminé de regreso al hostal para descansar antes del gran día.

El domingo 29 de julio de 2013, me desperté reconfortado a las 9 A.M. después de mi primera verdadera sesión de sueño desde que había llegado a Seúl. Escuché ruido fuera de la ventana y descubrí que caía lluvia a cántaros. Me preocupaba que el festival se cancelase y que entonces no pudiera ver a Tokimonsta. La posibilidad de quedar hecho una sopa por la pura lluvia en más de 12 horas era un lastre. Por un momento, consideré no asistir al festival; tal vez el humano realista y frágil dentro de mí vio esta lluvia y solo deseaba permanecer protegido. Consideré todo ello; luego recordé cuán lejos había viajado. Tenía que seguir con el plan. Me bañé, rasuré y cabilé. Me encontraba en un país diferente; ¿habría de usar el maquillaje de mimo? ¿Cómo me percibirían? Únicamente en América tenemos la Primera Enmienda, la libre expresión y el libre discurso, ¿verdad? Aquí yo era un visitante. Y, ¿qué con la lluvia? Me vi al espejo por largo tiempo. Decidí que habría de continuar.

Llevaba un par de pantaloncillos ligeros ya que estaba húmedo y lluvioso. Un mimo con pantaloncillos podría no resultar muy auténtico, pero tenía que considerar mi sobrevivencia y comodidad. Ese día, la sustentabilidad sería algo primordial. Chequé la habitación por última vez antes de irme. Mi inventario para el día incluía una pequeña mochila, un humidificador de labios, una chamarra, un cambio de calcetines, la conexión portátil de Internet inalámbrico y mi *smartphone*.

Salí del hostal, decidido a llegar al festival a pesar del aguacero. Abrí mi sombrilla como un escudo y caminé con valor en las calles del Distrito Hongdae. Me protegía de los retos físicos, lo mismo que de los emocionales. Llegué al subterráneo y viajé la distancia de la estación de Universidad Hanjik a Estación Hapjeong. Tal vez gracias a lo familiar de todo, volví a visitar la tienda de donas y compré mi desayuno para llevar.

Seguí las indicaciones y volví a ejecutar mis pasos anteriores: tomar salida 9, hacia la derecha doscientos metros, luego en la intersección ir a la derecha por cien metros. Estaba nublado, oscuro y llovía — bien diferente a ayer—. Era un camión de tour de tamaño considerable y la gente esperaba con sus sombrillas. Tomé un par de fotos y luego abordé el transporte. Me olvidé por un momento de que llevaba el maquillaje de mimo. Seguro que a la gente no le importaba; además, llovía. El autobús era cómodo, con asientos afelpados y relajados. Me sentí motivado e imaginé que sería un viaje cómodo en adelante.

Un par de minutos después, el transporte salió a la calle y presencié las postales de Seúl en una lluviosa media mañana de domingo. La arquitectura, conforme abandonábamos la ciudad hacia los suburbios, incluía estructuras abultadas con autobuses y camiones estacionados en el segundo piso. Bien a la distancia, había complejos de apartamentos que lucían como castillos. Yo especulé acerca de cómo sería vivir ahí y tener que tomar prolongados viajes de elevador muchas veces al día. Ingresamos a lo que parecía ser las afueras de la ciudad, con ciudad y naturaleza — sin ser bosques, más bien ciénagas donde lo predecible sería ver plantas industriales o fábricas—.

El autobús se detuvo a la mitad de un estacionamiento recubierto con grava. El área circundante era fangosa. Estábamos en mitad de la nada. Vi cabinas en las que trabajaba el personal del festival. Les mostré mi boleto. Ellos me dieron una soga y una pequeña bolsa con información acerca del festival.

Caminé desde el estacionamiento con grava subiendo por un camino al festival principal. Los letreros y anuncios promocionaban las próximas películas y así sentí el ímpetu comercial de este evento. Claro, ¿qué no habría de ser comercial en un país de reciente industrialización como Corea del Sur? Se sentía como una excursión, y una parte de mí recordó las experiencias de años pasados. La gente acampaba en tiendas de campaña. El piso para acampar lucía fangoso. Algunos asistentes se higienizaban con mangueras de agua. Imaginé que se habría requerido de bastante aguante para pasar la noche a la lluvia.

Los campos centrales para el festival eran una mezcla de pasto y denso lodo, con amplios escenarios al fondo. Compré una botella de agua y exploré los campos. Era difícil movernos por culpa del fango y eso me ralentizó considerablemente.

Unas cuantas personas deseaban tomarse fotos conmigo. Fue humildemente emocionante y gratificante que, después haber llegado tan lejos, tuviera cierta interacción teatral. Posé en las fotos y les agradecí, sin estar del todo seguro de que habían leído y comprendido el revés de mi playera.

Siguiendo con mi marcha, empezaron las pruebas de sonido en los escenarios. Me emocionaba que la música había comenzado y que podía ver el escenario en el que Tokimonsta iba a tocar a las 2 A.M. —faltando unas catorce horas—. Me acerqué una vez que terminaron las pruebas de sonido y comenzó el concierto de la primera presentación musical. La primera banda se llamaba Mood Salon; su orquestación era una especie de big band simplificada o externa del jazz. El estilo retro de Mood Salon me recordó "Volver a Empezar", ya que este era el auténtico comienzo del día en el festival.

Temprano en el festival, una música de nombre Priscilla Ahn cantó y ejecutó instrumentos con su grupo en uno de los escenarios. Yo había conocido a Priscilla en una clase de idioma japonés en Los Ángeles. Al final del curso, nos obsequió con una copia de uno de sus discos. Resultó ser una gran coincidencia que un año después me encontrara viéndola tocar en Corea.

Después de la actuación de Priscilla, los fans se formaron en una carpa para conversar con ella y que les firmara autógrafos. Esperé al final de la fila para saludarla. Ella me recordó, a pesar de mi maquillaje, cosa que yo consideré amable y le dio a mi día una conexión personal.

Bailé por horas en diversos escenarios. Ciertas bandas bien conocidas eran americanas, en tanto que otras, de las que no había oído yo, eran de Asia y Europa. Había un área restringida con solo DJs. Una de mis actuaciones favoritas de la noche fue la de un grupo de Inglaterra llamado Foals. Su canción "Late Night" ('Muy de Noche') era particularmente melancólica y conmovedora, mientras que yo tenía por delante una gran velada mientras esperaba a Tokimonsta.

Cayó un poco de lluvia, pero el clima era predominantemente seco. Alrededor del ocaso, mis pies comenzaron a doler, cosa que suponía se debía a mi baile, andar y estar de pie por largo tiempo. Me decidí a soportarlo. Al día siguiente tendría tiempo para descansar.

La presentación principal de la noche, los Nine Inch Nails, comenzó a las 10 P.M. Me había hecho fan de su música hacía más de veinte años, durante mis años de preparatoria, y les había visto presentarse en un club nocturno en Pittsburgh. Nine Inch Nails se habían vuelto increíblemente populares y progresaron para tocar en estadios y auditorios grandes. Bailé un par de sus canciones, pero los pies me dolían mucho; el dolor era martirizante y necesitaba descansar.

Me senté en una sección, no tan fangosa, de pasto en la oscuridad, lejos de las multitudes. Aún podía oir a Nine Inch Nails. Me quité lentamente los zapatos y los calcetines y observé mis pies. Las plantas tenían grietas profundas. El caminar y bailar en el fango seguramente había disparado su sensibilidad. No sabía qué hacer. Recordé la barra de hidratante para labios que traía. No la había usado desde el hostal. Apliqué a las plantillas la hidratante y me cambié de calcetines. A pesar de mi dolor de pies, mi rodilla mejoraba. Tal vez estas excursiones durante las que bailé en festivales me habían hecho resistente, con el líquido sinovial lubricando mis rodillas y mis movimientos habrían desintegrado el tejido cicatrizado. Me ayudó el sentarme a descansar y, así, me forcé a tomar un descanso entre la noche y el día y contemplar mi experiencia musical hasta ese punto. Aún me faltaban un par de horas antes de que Tokimonsta apareciera.

Alrededor de la medianoche, fui al escenario en que Tokimonsta iba a tocar. Avancé al frente, en pleno contacto con la barrera entre el escenario y el público. Tocaría aún otro grupo antes de ella. El grupo coreano IDIOTAPE mezclaba percusiones en vivo y sintetizadores electrónicos para la entusiasta concurrencia. Yo también estaba emocionado; mi momento esperado estaba por llegar. La presentación de IDIOTAPE terminó a las 2:30 A.M. Yo ya llevaba más de doce horas en el festival.

En el escenario, las pantallas mostraron la palabra "Tokimonsta". Grité y así hicieron otros. Vi que ella ya estaba en el escenario. Comenzó a hablar al micrófono y mencionó lo ansiosa que se encontraba de tocar en su tierra madre. Durante su espectáculo, las inmensas pantallas presentaron proyecciones de acercamiento a su rostro y cara. Estaba tan emocionado que inventé nuevas técnicas de baile. Durante esta improvisación, abrí mi sombrilla y le di vueltas. La gente cerca de mi volteó al cielo, asumiendo que comenzaba a llover (que no era el caso). Los pies ya no me dolían, así que la hidratante de labios y el descanso seguro habían ayudado. Mientras me zarandeaba, reflexioné sobre el viaje completo — las aventuras y los contratiempos—. Vi a Tokimonsta y no creía que me encontraba ahí con ella en Corea, a miles de millas de casa. Di un alarido otra vez, esperando que ella me pudiera oír. Unos cuarenta y cinco minutos después, terminó su presentación. Tokimonsta agradeció a la concurrencia y alguien en el escenario le dio rosas. En ese momento me pregunté si eso era todo. ¿Y ahora, qué?

Pronto un DJ comenzó a tocar música en el escenario; ya no veía a Tokimonsta. Habiendo logrado el objetivo primario de este viaje, bailé satisfecho. Treinta minutos después, se acercaba el momento de la partida del transporte de regreso a Seúl. Abandoné el área de concierto y me dirigí, en la oscuridad, hacia la salida.

El personal del festival usaba varas con luces rojas centelleantes y letreros para indicar los diversos destinos en Seúl. La gente se formó para los camiones. Encontré el camión para Hapjeong y esperé.

Al abordar, me senté al frente. Alrededor de las 4 A.M. comenzamos a avanzar; justo al amanecer, tuvimos una hermosa vista de los suburbios de Seúl. Pronto mi conexión a Internet comenzó a funcionar otra vez, y publiqué algunas de las imágenes y videos del día anterior.

Una vez más, estaba fuera de la Estación Hapjeong. Me senté en una banca y terminé de cargar la mayoría de mis videos de Tokimonsta a Internet. Al esperar la conclusión de las cargas, vi a una mujer caminando hacia atrás, haciendo su ejercicio matutino. Era como un pescador al amanecer.

Me trasladé a una estación de la línea 2 de subterráneo, de Hapjeong a Hongik, luego me detuve en una tienda para adquirir algo de comida y una pequeña lata de crema hidratante de manteca de cacao para mis pies. Finalmente, anduve felizmente mis pasos finales al hostal.

Ya de regreso en mi habitación, me di una maravillosa ducha caliente y di cuidado a mis pies, que jamás habían lucido tan maltratados. Inmediatamente, la crema hidratante comenzó a funcionar y a dar alivio a mis pies. Me acosté y quedé dormido rápidamente.

Me desperté alrededor del mediodía. El sol brillaba, lo que me relajó. A pesar de todo el caos y aventura del día anterior, tenía que ponerme en movimiento. Tal vez mi cuerpo sabía que tenía solo un día en Seúl y que debía aprovecharlo.

Me bañé y puse manteca de cacao a mis plantillas. Y entonces salí del hostal, feliz de que el sol estaba tibio y radiante. Era el día perfecto para visitar el Centro de Arte de Nam June Paik. Me transporté en un par de líneas de subterráneo a los linderos sureños de Seúl y luego tomé un viaje breve de taxi al museo. El traslado me tomó casi dos horas.

Nam June Paik se considera el creador del arte de video popular. Nació en 1932 en Seúl y se mudó a los EEUU, donde, en los 60, se hizo parte del movimiento internacional de arte Fluxus. La primera vez que vi el trabajo de Paik fue en una exhibición en las Galerías Wood Street en Pittsburgh, en 2001. La premier mundial de su trabajo, de nombre "Hannibal", incluía un elefante de madera gigante y una pirámide de televisiones. La multitud estaba sorprendida de la iluminación que daba el parapadeo y retroalimentación de las pantallas de televisión.

Nam June Paik murió en 2006, a los 73 años. Poco después de su muerte, encontré un sitio web con planos de pre-construcción para un museo dedicado a Paik. Los planos parecían abstractos y futuristas, una especie de prototipo caro. Y yo estaba en Corea, casi una década después, contemplando el Centro de Arte de Nam June Paik. Esto me vivificó emocionalmente, pensé acerca del paso del tiempo y lloré por unos segundos.

Pasé horas explorando, tomando fotos y reimaginando mi propia expresión artística. El museo incluía una combinación de exhibiciones permanentes, tal como la clásica de Paik, "Tv-Buddha", que era una pequeña estatua de Buda frente a una televisión y cámara de video. El aparato muestra un video en vivo de la estatua conforme la toma la cámara. Básicamente, hay dos Budas, la estatua y el otro es el que aparece en la televisión. Podría ser una versión moderna del reflejo en el agua.

Ese verano, el Centro de Arte de Nam June Paik albergaba una exhibición temporal llamada "Learning Machine" o Máquina de Aprendizaje, que hacía énfasis en las posibilidades de enseñar y aprender mediante el arte. En la cafetería del museo había un mapa de proceso/árbol de decisiones dibujado en un pizarrón grande. La idea giraba en torno a cómo seleccionar la bebida para uno, cosa que me pareció lúcida e ingeniosa.

Después de investigar completamente las exhibiciones en el interior, salí para ver la arquitectura del edificio desde afuera. Los pisos incluían un parque de tamaño medio y una enorme escultura de cono de tráfico. La gente andaba por el área. Asumí que había muchos locales tan solo paseando por el rumbo. Una pareja llevaba a su perro.

Después de explorar, decidí que ya había visto todo en el museo y la periferia. Caminé cruzando la calle para esperar un autobús. Pronto llegó el transporte y así viajé rápidamente a la estación de tren. Mientras me encontraba en el subterráneo hacia Seúl, leí acerca de otros sitios de turismo preferido y pensé sobre mi siguiente acción. Me ubiqué, en cuanto a que mi cuerpo y mente estaban cansados y necesitaban descanso. El turisteo adicional tendría que esperar hasta mi siguiente viaje a Seúl, de volver a tener la oportunidad. Transité de regreso al hostal y al poco tiempo me dormí.

Más tarde, esa noche, tuve uno de los sueños más impresionantes de mi vida. Esas percepciones nocturnas eran tanto terribles como liberadoras. Tokimonsta cantaba una canción y me invitaba a unirme a ella en sus giras musicales —no como pareja o amigo, sino como viajero—. El tema del sueño tenía que ver con el fin del mundo. Había nubes de hongo elevándose, lo que podría haber representado mi destino como la ineludible condición de mortalidad o algo de mayor escala global. En el sueño, yo tomaba la decisión de unirme a Tokimonsta como espectador del público para sus giras porque la quería, pero era un compromiso, ya que yo quería ser su amigo de verdad, tal vez algo más.

Al despertarme, intenté recordarlo todo de nuevo. Podría haber tomado notas, pero estaba demasiado desconcertado. Contemplé la fortuna del resto de mi vida y la sensación fantasmagórica, como si me hubiera comunicado directamente con Tokimonsta en un estado de sueño.

A pesar del miedo y la perplejidad del sueño, me sentí completamente descansado. Incluso mis pies habían comenzado a sanar, habiendo desarrollado una nueva capa rosada de piel. El clima otra vez era soleado, y tenía hambre. Me bañé y vestí. Había una lavandería cercana en el camino, así que decidí lavar la ropa, puesto que mucha de mi ropa tenía olor a fango y lluvia del festival musical. Me puse las prendas más limpias que tenía y observé cómo se limpiaba el lodo del festival musical. Después, me llevé la limpia y fragante ropa de regreso al hostal, y fui a desayunar.

A un par de cuadras del hostal había un restaurante con amplias ventanas abiertas. Yo no podía comprender el menú, pero unas cuantas personas comían adentro, comiendo eso que parecía una colección de pequeños platillos coreanos auténticos, la mayoría vegetarianos. Me senté, me relajé y disfruté de un desayuno coreano ligeramente picante.

Regresé al hostal, me bañé y empaqué para mi viaje de regreso. Mi vuelo salía a las 3 P.M. y tenía que ponerme en movimiento. Ya en el tren de regreso a Incheon, pensé más acerca del tiempo en Seúl y me pregunté si habría de volver. Ya en la terminal, devolví el dispositivo de Internet inalámbrico que renté, en buenas condiciones. Había numerosas filas de movimiento rápido para seguridad. Un enorme A380 se veía en la ventana desde nuestra sala.

Me sentí algo enfermo — tal vez la gripa o alergias, pero no importaba, ya que pronto regresaría a casa—. El avión contaba con varias cámaras, así que desde mi asiento, podría ver la perspectiva desde el frente, arriba, y la parte inferior de la nave al volar. Conforme la nave se adentró al Pacífico hacia los Ángeles, escribí apasionadamente acerca de mis experiencias, porque ¿quién sabe por cuánto tiempo podría recordarlas? Durante las horas que pasé escribiendo, capturé todo de forma cronológica hasta mi visita al Archivo Cinematográfico de Corea.

Me había tomado un viaje de gran distancia para ver a Tokimonsta. La excursión había sido cara lo mismo que proveedora de adversidades y revelaciones profundas. Sí la había visto, pero por apenas una hora. Me pregunté si ella me había escuchado gritar. Yo no tuve oportunidad de saludarla cara a cara. Mi conciencia me imploraba descartar cualquier expectativa y seguir optimista. Dicen que la vida

consiste en viajar, no en llegar al destino. Aunque Tokimonsta había sido el ímpetu de mi viaje, lo había adaptado
para mi exploración personal y se me había recompensado
con un sueño curioso.

La Convención K-Pop

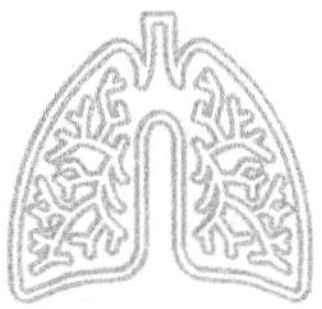

El sitio web de Tokimonsta indicaba una próxima aparición de agosto en una convención de Pop coreano en Los Ángeles. El Pop coreano, usualmente llamado K-pop, se había hecho bastante popular en América. Así como el Rock and Roll instituyó una cultura, incluyendo una forma de vestir, hablar y manierismos, así el Kpop se había establecido. Se disemina principalmente mediante videos e Internet, y la base de fanáticos del género se ha extendido mucho más allá de Corea.

Tokimonsta anunció que no se presentaría en la convención de Kpop, sino que sería oradora. Esto me brindaba una ocasión sin igual para verla en persona — no tocando música, sino hablando—. Su inteligencia según se mostraba en conversaciones y entrevistas habían despertado mi interés en ella y me habían motivado para mis aventuras del año pasado. Esta convención de Kpop sería la oportunidad perfecta para ver su inteligencia, ingenio y sutil elocuencia de primera mano. Compré boleto para dos días, pensando que iría ambos días para tener una experiencia educativa de amplio alcance.

Mi conclusión acerca de mis intentos iniciales de activismo fue que era el papel de Barack Obama y del gobierno correr la voz acerca del Mercado de Aseguramiento de Salud. Siendo yo inelegible, no resultaba la persona más indicada para la donación de sangre. Empero, siendo un antiguo fumador, tenía una conexión emocional más cercana con la campaña para dejar de fumar y probablemente sería más productivo animando a las personas que intentaban dejar el hábito. En general, había disfrutado del esfuerzo sobre concientización del cigarro en Seúl, y este era probablemente más relevante para las audiencias en los festivales musicales que mis otras campañas. Yo solo tenía una versión en idioma coreano de la playera, cosa que no comunicaría el mensaje aquí.

Preparándome para la convención de Kpop, mandé hacer la traducción al inglés de mi exhorto a quienes intentaban dejar el tabaco detrás de otra playera de Tokimonsta. Supongo que no necesitaba imprimir su nombre en la playera, pero esto me ayudaría con la motivación. Aunque jamás me había llamado ni habíamos salido, ella seguía siendo mi musa.

Para el primer día de la convención Kpop, me puse el maquillaje de mimo con cruces rojas en mis mejillas y me puse la versión en inglés de la playera para dejar de fumar. Había una gran asistencia, pero la mayoría se veían jóvenes, entonces no sé qué tan útil resultaría mi campaña para dejar de fumar. Con todo, podría alentar a un padre que batallara con los cigarros.

Muchos oradores inspirados de Kpop expusieron esa tarde. Además, aceptaron preguntas del público. Yo pregunté por la opinión de los panelistas sobre la influencia de Corea del Norte en el hiphop. Me percaté de que esto podría ser un tema delicado. Yo viví el fin de la Guerra Fría y me considero optimista respecto a asuntos mundiales. Tengo la esperanza de que algún día la relación entre Corea del Norte y del Sur y el resto del mundo mejore, lo que permita una comunicación y cooperación global más distendida. Lo interesante es que la persona que parece haber tenido un mayor impacto público en esta área hasta entonces ha sido la retirada estrella de básquetbol, Dennis Rodman. Bailé en el público conforme un DJ mezcló música; el primer día de la convención KPop en Los Ángeles había terminado.

Tokimonsta estaba programada para hablar el domingo, segundo día de la convención. Yo quería hacer algo distintivo, así que me puse camisa de vestir y una corbata de moño, pensando que de alguna manera, ella apreciaría verme en atuendo tradicional. Tal vez le resultaría más atractivo.

En la convención, me dirigí a la carpa donde ella iba a dar una plática. Fui de los primeros en llegar, así que me dio mucho gusto que cuando abrieron la carpa, pude sentarme en la fila de enfrente, junto al escenario. En breve, Tokimonsta y los otros artistas del panel de conversación tomaron asiento.

Las presentaciones comenzaron conforme el grupo de artistas coreanoamericanos compartieron sus experiencias en alcanzar el éxito en sus correspondientes campos. En mi fascinación, me sentí tentado de observar a Tokimonsta todo el tiempo e ignorar al resto de los panelistas. Lucía radiante, con cabello rubio decolorado y lentes de sol multicolor. Intenté ser educado y participativo, siguiendo el flujo de la conversación en el escenario, que incluía contribuciones de actores y artistas musicales. Finalmente, llegó el momento de preguntas del público y yo levanté mi mano. Externé una pregunta dirigida a Tokimonsta. Primero no pareció escuchar o comprenderme, pero uno de los panelistas repitió mi pregunta. Le había preguntado cómo era que su experiencia universitaria de Estudios Internacionales había influenciado su carrera presentándose en giras. Ella mencionó un par de temas, tales como la inmigración de Australia y no pude entender si estaba siendo sarcástica. Me cuestioné a mí mismo si acaso mi pregunta era relevante y si existía una conexión entre lo académico y ser una artista de música internacional.

Al final de la conversación de panelistas, le pedí a Tokimonsta firmar una copia del disco compacto de su álbum *Half Shadows*. Me reconoció y yo mencioné algo breve respecto a verla en Corea. Como siempre, estaba nervioso. Ella intentó firmar el disco con una pluma verde que yo había comprado, e indicó que la pluma no se asentaba en el plástico. Había más fans en fila y no quería tomar más de su tiempo. Le dije que el CD así estaba muy bien y le di las gracias. Ella platicó con sus otros fans y pronto desapareció en la multitud. Me agradó ver a Tokimonsta de cerca y escucharla conversar con más de las pocas palabras que solía dar en sus presentaciones.

Ciudad de Nueva York

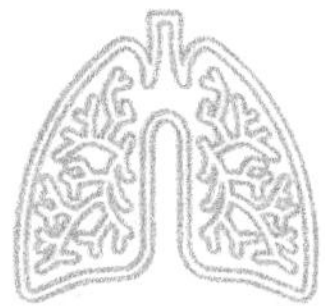

EN SEPTIEMBRE DE 2013, faltaba menos de un mes antes de abrir el Mercado de Aseguramiento de Salud auspiciado por la Ley de Cuidado Asequible. Yo pensaba a diario en Tokimonsta, pero la urgencia del trabajo ocupaba casi todo mi tiempo. Tuvimos sesiones de prueba muy largas durante las noches para prepararnos para la venta del plan de salud "Obamacare" del 1º de octubre.

Yo esperaba tener otro plan improvisado para ver a Tokimonsta. La noche del viernes 6 de septiembre, Tokimonsta se iba a presentar en la Ciudad de Nueva York. Esto me ofrecía una ocasión extraordinaria para ver su talento en Manhattan. Hacía años que yo había ido a Nueva York. Su concierto me daría la oportunidad para volver a visitar este lugar — esta vez, con mi personalidad de mimo—.

El jueves 5 de septiembre de 2013, dejé el trabajo para alistarme para el viaje. Manejé desde Burbank a LAX, me estacioné, y tomé el transbordo desde el estacionamiento a la terminal. El vuelo partió de Los Ángeles a las 9:15 P.M. y llegó a Nueva York alrededor de las 5 A.M.

Fui en subterráneo desde el aeropuerto JFK al Lado Este Bajo de Manhattan. Para esta excursión, me hospedé en un sitio llamado Hotel 17 en la 17. El edificio del hotel fue el lugar perfecto para la película de 1993 *Manhattan Murder Mystery*, dirigida por Woody Allen. Me imaginé que habitar un espacio con historia de cine le daría cierto *joie de vivre* al viaje.

Llegué al hotel alrededor de las 7 A.M. En comparación con la mayoría de los lugares, el lobby era pequeño y apenas tenía espacio para un mostrador y un empleado. Era demasiado temprano para que me registrara, pero me permitieron usar un baño para darme un regaderazo. Me lavé, cepillé mis dientes, me cambié de ropa, y guardé mi equipaje.

Tenía a mi disposición todo el día para pasarlo en Nueva York antes de que Tokimonsta tocase, y me apasionaba salir a descubrir. El clima benévolo era perfecto para inicios de septiembre: ni tan caliente, ni tan húmedo, ni tan frío. Tomé el subterráneo casi cien calles al norte de la zona norte de Central Park para ver el Museo de Ciudad de Nueva York. Jamás había acudido ahí y pensé que esto me daría una perspectiva más ilustrativa de la ciudad.

Fui al museo antes de que abriera y vi a personal del cercano Centro Médico Monte Sinaí que iban a trabajar. Esperé y vi cómo la gente avanzaba en los bordes de Central Park.

Desde afuera, el museo parecía una gran mansión de Manhattan, hecho sobre todo de ladrillo rojo, posiblemente en estilo neocolonial. Pasé horas paseando por el museo, aprendiendo acerca de las etapas de su historia. Sus exhibiciones incluían el pasado de Nueva York con talleres de labor forzada y el progreso de los derechos de las mujeres y el activismo. Tomé una foto de la escalinata principal que apuntaba a una escultura colgante ligera, y la publiqué en Internet. Ahora había visto a Tokimonsta en muchos sitios, pero en este día, sería Nueva York, y estaba deseoso de celebrar.

Tras examinar el Museo de la Ciudad de Nueva York, tomé el tren de medio centro al Rockefeller Center. Me reuní con mi hermana, que vive y trabaja en la ciudad. Decidimos comer fuera en la Biblioteca Pública de Nueva York. El clima era perfecto para comer en exteriores y conversar antes de que ella regresara a trabajar.

Me sentía cansado, pero aún me quedaba un plan para mi excursión en Manhattan. Inquirí las oficinas del sello musical impreso en la portada del último álbum de Tokimonsta, *Half Shadows*. El edificio en Chelsea estaba a unas cuantas cuadras del hotel. La estructura tampoco lucía extraordinaria, tal vez se había construido al inicio de los 90, pero de todos modos tomé una foto, todo fuera por Tokimonsta.

Regresé al hotel para descansar un poco antes del concierto. Pasé unas cuantas horas intentando dormir, pero no me podía relajar. El baño de mi habitación era compartido, así que dejé la habitación y crucé el angosto pasillo. Me bañé, rasuré, y me puse mi maquillaje de mimo; me puse entonces mi playera para animar a la gente a dejar de fumar.

Afuera estaba oscuro, y las calles se llenaban con personas alistándose para la relajación del fin de semana. NY tiene una energía diferente a la de las otras ciudades donde había visto a Tokimonsta; reflexioné sobre cuán lejos me había llevado esta aventura. Tal vez en Gramercy Park, un mimo en noche de viernes no es algo tan disparatado.

El concierto fue en Webster Hall en la Villa Este. Estuve formado unos veinte minutos antes de que comenzaran a dejar entrar. Un DJ tocaba en el sótano. Había suficiente espacio para movernos y comencé a bailar con ganas, agradecido de que el viaje había salido tan bien hasta entonces. El DJ puso una canción con las palabras "New York"; reconocí la canción, dado que alguna vez la había empleado en una mezcla musical. Después de una hora, fui a otra sala donde tocaba un grupo de rock. Fue un cambio con respecto a la música electrónica del DJ anterior y disfruté de la energía en vivo del grupo, completamente con canto y guitarras.

Subí al Grand Ballroom de Webster Hall, ya abierto. La sala tenía un alto techo completo con una galería que la rodeaba por los lados y por atrás. Caminé al frente del auditorio para acercarme lo más posible al escenario. Después del acto de apertura, Tokimonsta se presentó. El lugar estaba lleno, pero logré bailar y grabar un video durante su presentación. Al final del concierto, ella agradeció al público. Como ya había conversado con ella el mes anterior en la convención Kpop, decidí irme sin intentar conversar nuevamente con ella.

Después, fui a una cafetería a comer. Comí y regresé al Hotel 17. Mi vuelo para visitar a mis padres en Carolina del Norte estaba programado temprano la mañana siguiente. Rápidamente me dispuse a dormir.

El Mercado

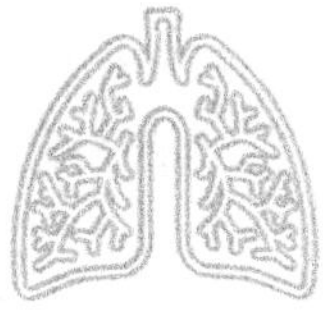

AL REGRESAR AL TRABAJO EN LOS ÁNGELES el 9 de septiembre, tuve muchas teleconferencias día y noche. Aún estábamos en pruebas para preparar los sistemas y flujos de proceso para asegurar que los clientes tuviesen planes de salud cumpliendo con la Ley de Cuidado Asequible.

El 1 de octubre de 2013, abrió el Mercado de Aseguramiento de Salud de EEUU. Pronto se difundió que, debido a problemas técnicos, la mayoría de las personas no podían acceder al sitio web nacional. Los medios se saturaron con reportes diarios de estos problemas con el Mercado. En un principio, me sorprendió que este proyecto auspiciado por el gobierno, tan prominente, tuviera complicaciones amplias. Sin embargo, con mi experiencia en asuntos técnicos para los proyectos de salud, comprendí que los nuevos sistemas con líneas de tiempo firmes pueden frecuentemente tener retos no previstos una vez que se activan los sistemas.

Para el Mercado de Aseguramiento de Salud, el problema era el gran número de personas solicitando aseguramiento. Si bien el Mercado abrió el 1º de octubre, los planes en sí no entrarían en vigor sino hasta el 1º de enero de 2013. Aún había cierto tiempo para corregir cosas. Sin importar eso, tal vez estos problemas era una buena indicación de que muchas personas estaban bastante interesadas. Si bien estaba decepcionado por los problemas técnicos, la cobertura de los medios fue más llamativa de lo que yo podría haber generado con mi personalidad de mimo en los conciertos.

En coincidencia, el 1º de octubre de 2013 ocurrió otro evento significativo: el cierre inesperado y temporal del gobierno. El Congreso de los Estados Unidos no aprobó la legislación para llevar a cabo las operaciones y la mayoría de servicios federales no esenciales se detuvieron. En primer lugar, pensé que esto estaba conectado de cierta manera con la apertura del Mercado de Aseguramiento de Salud. Mi interpretación más cínica era que después de un año tan caótico, los empleados gubernamentales no objetaban tener algo de tiempo libre en otoño, incluso si no se les pagase por ello.

CHICAGO

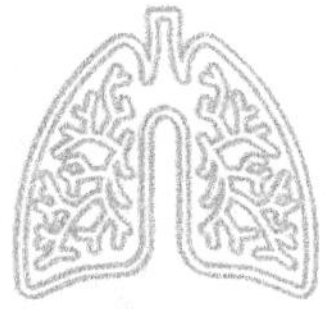

ESDE EL 1º DE OCTUBRE DE 2013, la apertura del Mercado de Aseguramiento de Salud estaba completa y me encontraba listo para mi siguiente aventura. Planeé tomarme un día sin trabajo para ver a Tokimonsta en otra ciudad. Ahora, sería Chicago.

El viernes 25 de octubre de 2013, manejé a LAX a las 4:30 A.M. Tomé el transporte desde el estacionamiento a la terminal y pasé por seguridad. Tuve una serie de vuelos, el primero hacia Minneapolis y luego al Aeropuerto Internacional O'Hare en Chicago.

El vuelo aterrizó en Chicago alrededor de las 2:30 P.M. Era un día suave y soleado, pero con un poco de frío. Tomé el autobús al hotel, me registré en mi habitación y tomé una siesta. De pronto, tenía hambre. Había una pizzería cercana al hotel. Me di cuenta de cuántas calorías y cuánta grasa puede haber en las pizzas de plato hondo al estilo Chicago, pero con todo cedí a la tentación y ordené una pizza chica. Tomó una hora para que mi orden estuviera lista y luego caminé por veinte minutos del hotel a la pizzería y de regreso. Incluso esta "pequeña" iteración de pizza de varias capas sería suficiente para alimentar a alguien por un par de días. No pude resistirme y comí una porción de tarta.

Me bañé y me preparé para el concierto. Me apliqué mi maquillaje de mimo y mi playera para animar a la gente a dejar de fumar. A las 6 P.M., caminé desde el hotel a la parada de Cumberland en la Línea Azul "L" del tren de Chicago. Afuera hacía mucho frío. Como mimo en un tren, me sentí algo fuera de lugar entre los viajeros de la noche; con todo, faltaba poco para Halloween así que podría haber pasado por un ambicioso yendo a pedir dulce o truco, intentando ganarles a todos.

Al desembarcar de la Línea Azul en la estación Jackson, alguien tocaba un violín electrónico para entretener a los que hacían transbordo. Conmuté a la Línea Roja y bajé en la estación Lawrence. Aún quedaba un poco de luz y tomé una foto de la sala de conciertos donde Tokimonsta se presentaría en la noche: El Salón de Baile Aragon.

Era temprano y la fila no era larga, así que avancé por entre la seguridad rápidamente y dejé mi abrigo en el guardarropa. El Aragon Ballroom había existido desde la década de 1920 y tiene un lugar en la historia musical de Chicago, desde la época de las big bands hasta el heavy metal y hasta nuestros días. Caminé al salón principal y me sorprendió cómo este lucía como una aldea pequeña de estilo hispano. El techo incluso tenía su panorama celestial.

Bailé con la música del DJ de apertura y en la sala casi vacía; usé gran parte del espacio atrás de la sala. Al escuchar la melodía y el ritmo, calculé lo que duraba cada sección de música y sincronicé mis movimientos en congruencia con su duración. La parte trasera del Aragon Ballroom tenía arcos curvados, y adapté mi baile de forma que fuera una especie de representación donde yo aparecía al final de diversos arcos para cada parte de la música. Dicho de forma más sencilla, era como si jugara a las sillas con música, siendo yo el único participante, y, bueno, ¡sin sillas! Cómo disfruto los episodios contemplativos al bailar en estos espacios casi vacíos, majestuosos.

A la distancia, pensé notar a Tokimonsta en una entrada al frente del salón. La visión fue breve, así que no estaba seguro de que fuera ella, o solo que yo la esperaba.

Tokimonsta pronto salió al escenario. Llevaba maquillaje de Halloween, así que parecía un fantasma. Bailé bastante cerca, pero había suficiente distancia vertical entre el escenario y los asistentes. La plataforma estaba al menos cinco pies por encima del público, así que me hice para atrás para ver mejor.

Admiro el hecho de que Tokimonsta mezcla al menos el doble de canciones en comparación con otros músicos de electrónica. Durante sus conciertos, ella se concentra en integrar los sonidos mientras que agrega efectos de tiempo real y transiciones únicas para cada presentación. Yo distingo las nuevas variaciones sónicas y los armónicos en cada ubicación en la que ella se presenta, así que siempre escucho con cuidado.

Después de su ejecución, ya era hora de que me fuera. Me satisfacía poder regresar a dormir pronto, porque mi vuelo a casa era temprano a la siguiente mañana.

Desde Lawrence, tomé la Línea Roja hacia el sur. En el tren, las personas iban vestidas para Halloween. Yo ya no me sentía tan desubicado; este anonimato era de cierta manera reconfortante. En Jackson, me cambié a la Línea Azul yendo hacia el oeste a Cumberland.

En la habitación del hotel, me esperaban mis sobras de pizza. Aunque ya conocía las consecuencias, me comí las sobras. Tenía hambre y tal vez estaba algo deprimido, todo ello por la influencia del clima frío y la abrumadora conciencia de que Tokimonsta era apenas mi infatuación — y seguramente jamás pasaríamos de ello—.

Me levanté temprano en la mañana y tomé un transporte del hotel al aeropuerto. De pronto ya estaba en mi vuelo a casa en Los Ángeles. Llegué a L.A. a las 2 P.M. el sábado y aún tenía gran parte del fin de semana por delante — tiempo suficiente para lavar la ropa y, ciertamente, para bajar esa pizza—.

LOS VIVOS Y LOS MUERTOS

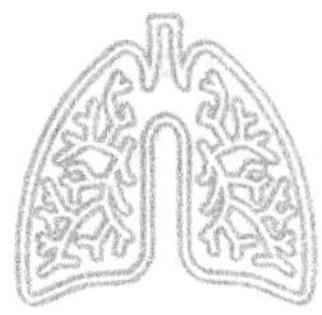

E L VIAJE A CHICAGO ME RECORDÓ QUE — en lo que concernía a casi todo el país — el clima de otoño había llegado y el invierno no tardaría en llegar. El verano anterior de encontrar accidentalmente a mi nueva pretendida e infatuación, verla presentarse en todo el país y el mundo, ya terminaba. Habían pasado cinco meses desde la primera vez que había visto a Tokimonsta en Detroit en el Día de Rememoración. Me conmovió una especie de nostalgia de corto plazo, y me pregunté si encontraría tal fascinación con alguien más, tanta como había encontrado con ella.

En redes sociales, Tokimonsta publicó que tocaría tres horas en un festival de música anual en Los Ángeles llamado *Day of the Dead* o Día de los Muertos. No me podía perder verla realizando una sesión larga, porque la mayoría de sus presentaciones en festivales eran de apenas una hora.

El domingo 3 de noviembre de 2013, manejé desde Burbank y estacioné en el centro de Los Ángeles. Caminé al festival que transcurría en el Parque Histórico Estatal de Los Ángeles cerca del Barrio Chino. No llevaba maquillaje, tan solo traía mi playera de dejar de fumar y lentes. Ese día era casual y yo intentaba disfrutar de bailar sin tener que dedicarme a mi personalidad de mimo.

Las calles cercanas al festival estaban cerradas y una colocación elaborada de barreras de seguridad rodeaba el parque. Esperé formado y entré rápidamente.

Caminé hacia una carpa grande que probablemente tenía capacidad para más de mil personas y comencé a bailar. Una hora después, comenzó la presentación de Tokimonsta. Para las primeras canciones, ella llevaba una máscara de cara de conejo, pero poco después se la quitó, porque esta parecía distraerle de sus instrumentos. Solamente su cara me era visible ya que el escenario estaba muy alto. Saltaba para tener mejor visión y veía que ella sonreía con gran entusiasmo en tanto iba para arriba y abajo la mayor parte de su ejecución de tres horas.

Tokimonsta había anunciado en línea que después de su presentación se reuniría con los fans para que se tomaran fotos con ella y les firmara autógrafos. Al terminar el espectáculo, me formé en la cabina designada y esperé para verla. Al ser mi turno, sin mediar palabra, le di mi teléfono a alguien del personal que trabajaba en la cabina, para fotografiarnos. Quería que se tomara una foto antes de decir cosa alguna para, esperaba yo, capturar su expresión natural sin influencia de mi incómoda conversación. El asistente tomó una foto mientras que ambos sonreíamos. No llevaba ninguno de sus discos para que me lo firmara, de modo que le pedí que autografiara una hoja de papel. Tokimonsta me dijo algo, pero no pude entenderlo; había gente detrás de mí, así que no le pedí que me lo repitiera. Le sonreí nuevamente y abandoné el festival. Esta fue la última vez que vi a Tokimonsta en 2013.

ESTUDIO 18

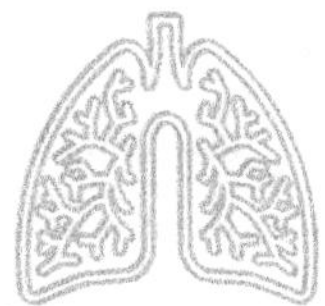

EN LOS ANTERIORES NUEVE AÑOS, me había mudado casi una vez al año, en lo que parecía un ritual anual. He disfrutado de cosas de todos los sitios en los que he vivido pero, perpetuamente, parece existir alguna razón para cambiar, ya sea explorar un sitio nuevo, aspectos económicos, o la necesidad de reducir el tiempo de transporte al trabajo.

Durante unos dos años, viví en una habitación rentada en una casa de Burbank fuera de Los Ángeles, sobre todo para ahorrar dinero y pagar rápido mis deudas. Habiendo liquidado aquellas, ya me alcanzaba para un departamento. Disfruto de la privacidad de contar con un sitio separado y la lucidez resultante de no tener que considerar las vidas y planes de los compañeros de departamento.

Busqué un lugar para vivir y encontré un estudio de precio razonable en el Barrio Coreano. Sabía, por las entrevistas en internet, que Tokimonsta vivía en el Barrio Coreano. Pensé que al mudarme y vivir ahí podría tener una conexión más cercana con ella. No esperaba que ella me llamase — tal oportunidad ya había expirado. Podía mudarme a donde yo quisiera en la ciudad. La emoción de vivir día y noche en el Barrio Coreano, a unos pasos de ella, era tentadora. Tal vez no iría pronto a alguno de sus conciertos, pero el experimentar el mismo espacio y áreas relativas de Los Ángeles podría motivarme y darme nueva perspectiva.

A finales de noviembre, renté un departamento en el Barrio Coreano en el cuarto piso de un edificio de estilo neoyorquino construido en la década de 1920. El edificio estaba registrado como monumento históricocultural con la ciudad de Los Ángeles dada su arquitectura *Renaissance Revival*. Mi apartamento lateral no tenía gran vista, pero desde la ventana tenía una pequeña vista de algunos de los edificios más grandes de Wilshire Boulevard, la vía principal entre el Barrio Coreano y la mayor parte de Los Ángeles. Este pequeño portal a la panorámica urbana, en combinación con los sonidos de la comunidad, me hicieron sentir que vivía positivamente en la ciudad.

Vaya que si estaba listo para tener mi propio hogar. El estudio era de tamaño considerable, tal vez el doble del espacio de mi habitación en Burbank, y tenía un gran piso de madera oscura brillante. Al cabo de una semana, trajeron mi cama y pertenencias. Aun teniendo un tocador funcional, un escritorio pequeño y cama, el departamento parecía inmenso, como una pizarra vacía que esperaba un capítulo nuevo. El edificio no contaba con estacionamiento, así que renté un espacio cerca. Esto era aceptable, ya que me ejercitaría más al caminar; también podría ver más de mis alrededores.

El Barrio Coreano es un vecindario crisol, con tantas culturas y arquitecturas, cosa que contrasta con la naturaleza suburbana de Burbank. Estando por mi cuenta nuevamente, me llené de nueva vitalidad. Estaba enclavado en

el corazón del Barrio Coreano, no lejos de Tokimonsta —
cuando menos en momentos en que ella estuviera ahí, en
vez de tocando en cualquier parte del mundo—.

Los edificios, vistas y sonidos clásicos del rumbo me recordaron la película de Alfred Hitchcok de 1954, *Rear Window* ('La Ventana Indiscreta'). En la película, James Stewart
representa a un lesionado fotógrafo de noticias que casualmente se llama Jefferies. En gran parte de la película,
Stewart está confinado a una silla de ruedas y su departamento. Supera la monotonía observando a sus vecinos, cosa
que le lleva a descifrar el misterio de un asesinato. Vi *Rear
Window* por primera vez siendo un niño, a principios de los
80, en el Cine Drexel en Columbus, Ohio. Fui yo solo a la
película y no me percaté de lo antigua que era. Tal vez porque era tan vívida, restaurada en treinta y cinco milímetros
a color, no blanco y negro. Siendo niño, la película me
pareció innovadora e impresionante; fue como descubrir
una emocionante realidad. No soporto la sangre y violen-
cia de muchas películas contemporáneas de asesinatos. *Rear
Window* tiene un ritmo equilibrado mientras que continúa
construyendo el suspenso. Mi fortuita visión de la película
me llevó a ser un fan de Hitchcock de toda la vida, así como
estudiante de video y cine.

Para celebrar mi mudanza, investigué acerca de afiches
de la película *Rear Window* y compré varios, incluyendo una
colección de tomas de la película. Los afiches eran de varias
reediciones de la película en varias décadas, de los Estados
Unidos. Alemania, Argentina, Reino Unido y Singapur.
Las tomas incluían a James Stewart viendo por los bino-
culares y a Stewart y Grace Kelly besándose. Al llegar los
afiches y cuadros, decoré el lugar de forma que tuviera al
menos un motivo de *Rear Window* en cada pared.

En 2014, la película celebró su 60 aniversario. Aunque la historia tiene lugar en Greenwich Village de Nueva York, *Rear Window* se grabó en el Estudio 18 de los Estudios Paramount en la Avenida Melrose de Los Ángeles, a menos de tres millas de mi nuevo departamento. Mi fascinación por Tokimonsta me había llevado al Barrio Coreano, pero fue *Rear Window* lo que fijó la atmósfera de mis días ahí.

A unas cuantas semanas de completar mi mudanza, recibí una oferta de trabajo de parte de una compañía nueva. En vez de trabajar en Burbank, estaría en Santa Mónica, lo cual significaba un traslado largo de treinta a noventa minutos desde mi residencia en el Barrio Coreano. Estaba dispuesto a trabajar con una nueva organización, aprendiendo, aceptando nuevos y emocionantes proyectos — y así, claro, poder pagar las cuentas—.

BARRIO COREANO

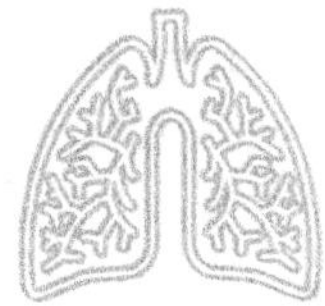

EN ENERO DE 2014, el año nuevo comenzó con mi semana de descanso entre un trabajo y el otro. Me preparé para comenzar desde cero, lo cual incluía hacerme con nueva ropa, nuevo corte de cabello y manicura, además de ejercitarme y descansar. Mi nuevo puesto comenzaba con una orientación de toda una semana en Boston, Massachusetts. Luego comencé con mi rutina de traslado desde el Barrio Coreano a Santa Mónica.

Este nuevo empleo sería la cuarta corporación para la que había trabajado en la industria de cuidados de la salud. Me tomó un par de semanas para comprender los retos que me esperaban. Se me asignó a un novel e innovador proyecto de compartir información en California, y los requisitos aún estaban desarrollándose.

Una noche de sábado a finales de enero, fui a una proyección de *Rear Window* en el Aero Theathre de Santa Mónica, en honor del 60 aniversario de la película. Al verla, mi cara se hizo liviana con una gran sonrisa y disfruté conforme pensaba en mi departamento recién decorado. Tal vez no habría obtenido la relación que esperaba, pero mis días estaban envueltos en una nueva aventura sensorial sin que siquiera tuviera que dejar el vecindario o ir a un concierto.

Trabajé diligentemente el primer par de meses de 2014. Con mi nuevo trabajo, me levantaba diariamente a las 5 A.M. y salía a las 6 A.M. para ganarle al tráfico. Odio estar sedentario al volante con mucho tráfico. Salir temprano es la forma más eficiente de evitarlo.

Cuando no trabajaba, disfrutaba de la libertad y ubicación de mi espacioso estudio en el Barrio Coreano. Había muchos lugares para comer con todo tipo de gastronomía, pero procuré mantener mi peso e IMC estables, comiendo saludablemente y haciendo ejercicio. Como soy vegetariano, me resulta más fácil. No obstante, en casi cada cuadra había una panadería con deliciosas *rosquillas* de judías rojas y crujientes galletas de almendra, así que tenía que cuidarme. Sudaba en la clase de hot yoga casi todos los días; un par de veces a la semana hacía gimnasia aeróbica. Estaba lo suficientemente cerca al metro que, cuando no iba al trabajo, podía ir en metro a partes conexas de Los Ángeles.

Un día después del trabajo, al manejar por Beverly Hills, creí haber visto a Tokimonsta manejar en la dirección opuesta de la avenida en que yo iba. Reconocí su auto, un mini negro, ya que había una entrevista de video en línea con grabación cinematográfica de ella viajando por los Ángeles en este. Me puse a pensar en las posibilidades de que nos cruzáramos por ahí, pero tal vez en realidad es que el mundo es pequeño y esto no era tan extraordinario.

Al paso del año, aunque mi trabajo exigía mucho de mí, me mantuve alegre, positivo y diligente. Al caminar a casa el viernes antes del Día de Rememoración de 2014, pasé justo junto a Tokimonsta en el Barrio Coreano. No estaba en mi mejor humor esa tarde, pero me esforcé por hacer la seña de un tibio saludo. Dudo que ella me notara. No quería agobiarla, toda vez que estaba con alguien más. Ella podría haberse detenido y conversar conmigo — esto sería, claro, de haberme reconocido—. Llegué a casa y me acosté en la cama para meditar, profuso de emoción conforme mi mente se llenó de pensamientos de ella.

Para desalojar la frustración, caminé los cuatro pisos de escaleras a planta baja y luego por algunas cuadras para comprar una taza de café y un *ho-dduk* —platillo coreano tradicional que es un *hotcake* relleno de miel y cacahuate — que vendían en un carrito cercano. Me llevé la comida a casa y, al comer, pensé acerca del resto del fin de semana, que habría de dedicar al descanso y tomar cursos de salud pública para avanzar en mi carrera.

Unos cuantos días después, manejaba hacia el Norte en la Avenida Highland desde el Barrio Coreano hacia una sesión de yoga en Hollywood cuando vi lo que me pareció el auto de Tokimonsta enfrente de mí. Instintivamente, dirigí mis ojos y, en los espejos del mini, pude ver su cara. Me regocijé conforme ambos completábamos el lento viaje, de semáforo en semáforo. Por un momento, consideré seguir todo Highland para ver el lugar donde ella daba la vuelta. Me acordé de otra película de Hitchcock, *Vertigo*. En su película de 1985, James Stewart sigue a Kim Novak conforme conducen por las calles de San Francisco. Quería mostrar respeto, así que terminé mi escena dando la vuelta a la izquierda en Fountain para llegar a tiempo a mi clase.

El proyecto del trabajo siguió su curso y tuvimos cierto éxito temprano. En julio, Tokimonsta anunció que comenzaba un nuevo sello musical en el que se liberaría su siguiente álbum. Eso no me sorprendió, dado que en su música y carrera, ella había mostrado creatividad y perspicacia creciente.

El jueves 17 de julio de 2014, Tokimonsta comunicó que se daría un concierto hiphop de DJs de la vieja escuela esa noche en un club nocturno en el Barrio Coreano. Yo compré un boleto, me bañé, me vestí y fui al espectáculo. Este estaba a una caminata corta de media milla al club en el tibio clima veraniego. Me detuve a comprar tapones de oído, ya que sabía que el volumen en sitios así podría ensordecerme. Ya había una fila afuera del club; leí un libro en mi teléfono mientras esperaba. Ya que este era un club y no un festival, no fui de mimo, en vez de ello, acudí más formal, con una camisa de vestir. Ya habían pasado más de ocho meses desde que había visto a Tokimonsta en vivo.

La fila avanzaba lentamente y por fin pude entrar al club nocturno. Considerando que las puertas recién habían abierto, no estaba lleno. Vi a Tokimonsta en el escenario y me di cuenta que recién habría comenzado su actuación. Era emocionante volverla a ver tocar, y bailé. No supuse que ella me reconocería, o tal vez solo estaba muy ensimismado, esperando algo más. Me moví fluidamente mientras ella tocaba y me contuve, apenas grité su nombre una vez. Cuando terminó, abandoné el club y caminé hacia mi departamento por la Octava. Me fui a dormir, ya que iba a trabajar al día siguiente.

Más Allá de los Altos Himalaya

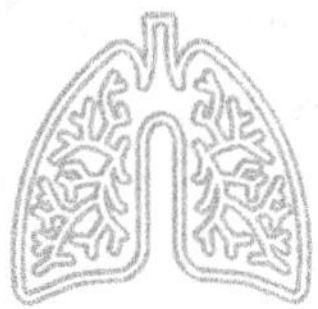

EN AGOSTO DE 2014, continué enfocado en mi Proyecto de apoyar a los proveedores de salud en California para compartir información de pacientes. Busqué un nuevo cambio en mi carrera, así que apliqué a la compañía en Massachusetts donde había trabajado antes de decidir dedicarme a ser actor. Las horas habían sido intensas, pero los proyectos resultaban dinámicos y estimulantes intelectualmente. También había disfrutado de visitar diversos sitios de atención médica en los Estados Unidos. En unas cuantas semanas, recibí una respuesta a mi solicitud, donde me proponían una entrevista.

Me tomé algunos días de vacaciones y regresé a Boston. Visité la oficina y el vecindario en los que alguna vez había vivido y trabajado. Me encontré con personas a quienes no había visto en años. La entrevista fue buena, y la excursión de otoño a Nueva Inglaterra me pareció un cambio bastante necesitado en mi rutina.

En casa, después de un par de semanas recibí llamada de la compañía: me ofrecían un puesto. Acepté de inmediato. Estaba listo para aprender y trabajar en nuevos proyectos, de modo que el tiempo no podía haber sido mejor.

Tenía la opción de permanecer en Los Ángeles o de trabajar en Boston. Telefoneé a mi madre para darle las noticias y consultarle respecto a dónde debiera de vivir. Mientras conversábamos, observé mi ventana y, en ese momento de gozo, vi a Tokimonsta. Ella hablaba con una mujer en el andador exterior, dos pisos abajo. Parecía que las estrellas del universo se habían alineado, mientras extáticamente yo le platicaba a mi mamá que había sido aceptado en el empleo. Hablando al teléfono sobre mi disyuntiva respecto a dónde mudarme, y con Tokimonsta a la vista, sentí que viajaba en la dirección proverbialmente correcta. ¿Qué probabilidades había de que, después de tanto tiempo en el Barrio Coreano, ella apareciese justo entonces?

Un par de semanas después, concluí que sería mejor mudarme a Boston por un año para empaparme completamente de las nuevas iniciativas de registros electrónicos de salud. Notifiqué a mi compañía de entonces en Santa Mónica; ellos lamentaron que yo me retirara. Les di las gracias por la oportunidad y camaradería que me habían brindado y además les dije que estaba agradecido por la oportunidad de trabajar con ellos.

Pronto empaqué, envié o doné la mayoría de mis pertenencias. Fleté mi auto, una vagoneta Station Subaru Outback, para ser transportada a la Costa Este, de donde había venido cinco años antes. Necesitaría dar de baja mi placa en breve. Esta tenía las letras "JEN", las que en 2013 había comenzado a asociar con Tokimonsta, cuyo nombre real es Jennifer.

Doné todos mis afiches y tomas de *Rear Window*. Esto era algo agridulce, pero tuve de algunos momentos imaginativos donde visualizaba dónde podían terminar. Tal vez otro lugareño los pudiera adquirir y así descubrir sus propios misterios clandestinos, al estilo de Hitchcock, en esta enorme ciudad.

Parte de mí era melancolía, porque mi experimento de ser un californiano de alguna forma había fracasado. Me preguntaba si habría de regresar en un año como tenía planeado o si la vida me llevaría en otra dirección inesperada. Tal vez encontraría a una nueva persona.

En uno de mis últimos días en el departamento, regresaba a casa de la clase de yoga y caminé justo junto a Tokimonsta. Me sentía muy bien esa noche y sonreí. Ella sonrió también, como si intercambiáramos un silencioso entendimiento de nuestras experiencias como vecinos durante un año en el Barrio Coreano.

2

EL ÚLTIMO FESTIVAL MUSICAL DE ANSAN VALLEY

Siguiente Vida

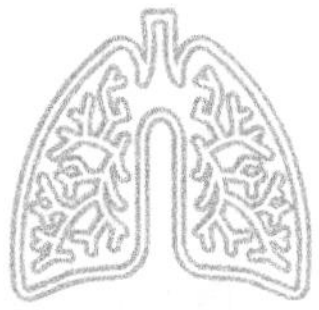

MI NOMBRE ES JEFFREY y en el año 2061 tuve la desafortunada experiencia de morir. A pesar de mis repetidos intentos por cuidar mi cuerpo y mente, se me diagnosticó un cáncer de pulmón en la etapa IV. El mal se diseminó a mis nodos linfáticos, huesos e hígado. Después de unos cuidados médicos exhaustivos, mi cuerpo comenzó a fallar.

En el hospital, mientras estaba a punto de morir, se retiró mi cerebro. El diencéfalo, la corteza cerebral y el hipotálamo se colocaron en una solución conductora. Mi mente se enlazó a computadoras para permitir la continuación de mis pensamientos conscientes. La mayoría de las memorias se reprodujeron digitalmente, mi "alma" orgánica se mantuvo viva mediante la preservación activa del cerebro.

Este procedimiento de "extensión de vida" no fue una sorpresa, ya que yo voluntariamente lo había solicitado al final de mis setenta. Mi vida como mente sensible con memoria asistida por computadora significa que tengo sueños parecidos a la vida y experiencias creadas por el gobierno. Puedo escoger de una miríada de información y entretenimiento de numerosas organizaciones de medios, experimentando lo último de la música, el arte y el cine. Con el paso de los años, aprecio la mejora en la experiencia virtual. Finalmente, han agregado el control de tiempo compartido de robots y drones que pueden interactuar con el mundo "real". Recorro la tierra, los cielos y los océanos como si viajara en mi propio cuerpo.

A pesar de lo divertido de esta vida virtual, algo falta. Aún en este estado, ansío el amor. En mi vida anterior, este deseo me llevó a buscar a alguien que completase mi existencia. Intentaba buscar alguien que me amara recíprocamente, que fuera mi mejor amistad también. Al filósofo y científico griego Aristóteles se le adjudica la frase: "El amor se compone de una sola alma habitando dos cuerpos". Tal era mi búsqueda.

En enero de 2095, mi presencia virtual despierta con el anuncio de que la artista musical conocida como MagnoliaRex ha fallecido. La transmisión indica que ella, también, se había alistado en el programa de gobierno y que su actividad mental continuaría una vez que se completara el proceso de transferencia bioquímica.

En los últimos años de su vida, MagnoliaRex publicó un concurso por el cual uno de sus fans podría pasar un día con ella en esta existencia virtual. Entré a la competencia, pensando que tenía pocas probabilidades y que no ganaría, ¡pero tenía que intentarlo! No tenía nada que perder. La posibilidad de ganar era suficiente como para hacerme pensar por horas respecto de qué podríamos hablar y qué podríamos hacer.

Una semana después del anuncio de la muerte de MagnoliaRex, escuché un sonido familiar, como si mis oídos resonaran. El sonido es algo que no he experimentado desde hace tiempo, primero en mi niñez y solo esporádicamente en mi vida "real" adulta. Me pregunto si algo falla con la solución química que conserva mi cerebro o con la interfaz electrónica que lo opera. Al desvanecerse el tono, no veo nada; luego, escucho una voz.

"¡Jeffrey, hola!"

Esta persona suena familiar y con todo, completamente nueva.

"Soy yo, MagnoliaRex."

"¿De verdad?", pregunto. Su saludo me brinda la sensación de una felicidad incomparable. "¡Qué maravilloso! O sea que … ¿yo gané el concurso?"

"No, lo siento. Pero quedaste en segundo lugar", responde MagnoliaRex.

"Segundo lugar, uno debajo, bueno… peor es nada, supongo", le replico, intentando comprender lo que implicaba quedar en segundo lugar.

"No, tontito, no hay segundo. Tan solo eres tú; este es tu nirvana. Bienvenido a las mejores veinticuatro horas que jamás habías esperado tener". Conforme oigo sus palabras, veo una imagen velada de una sonrisa — la sonrisa de MagnoliaRex—.

"Ni idea tengo. Me imaginé este momento más de unas cuantas veces, pensé sobre cómo sería, qué haríamos, de qué hablaríamos", le digo.

"Y bien, ¿qué pensaste que haríamos?", pregunta Magnolia con sarcasmo.

Tengo una perspectiva en primera persona de mi cuerpo, tal como si volviera a estar vivo. MagnoliaRex está sentada junto a mí, llevando un hermoso y abstracto vestido gris oscuro. Yo llevo traje y corbata. Nos miramos mutuamente, en este más allá simulado. Yo percibo su frescor usual y confianza estilística. Me siento tibio, gozoso y algo inseguro. Estamos en un corredor de piedra y comenzamos a avanzar. En movimiento, el piso se desploma a nuestros pies. Viajamos en el espacio, descendiendo de órbita hacia la atmósfera de la tierra, sin quemarnos, no obstante. Al acercarnos a la superficie, en lugar de acelerar, todo baja de velocidad conforme el mundo se mueve a cámara lenta. Caemos a toda velocidad por unos segundos, luego aterrizamos delicadamente en un escenario donde hay una gran celebración.

"Planeta tierra, ¡bienvenidos a una ocasión extraordinaria!", dice una voz en el altoparlante. El anunciante continúa mientras que videos en pantallas gigantes ilustran la historia de cómo las Naciones Unidas auspicia un festival musical titulado "Karkinos", un evento para conmemorar la cura oficial del cáncer. Uno de los artistas musicales que se presentarán en el espectáculo será MagonliaRex.

Estamos en el Teatro de Dionisio en Atenas, Grecia, con una audiencia de más de diez mil personas. La presentación de hoy en la Acrópolis difundirá el espíritu de unidad internacional por este logro de la ciencia y la medicina. MagnoliaRex ejecuta una banda sonora musical única en vivo, compuesta especialmente para el festival. La acompaño con su arte multimedia, usando proyecciones de video en vivo en pantallas que rodean al escenario. Mientras que ella crea sonidos con sus instrumentos, me subo a un avión espacial, completo una órbita a la tierra y regreso al teatro. Para este concurso con MagnoliaRex, yo podía escoger qué haríamos; esta fue mi visión de un sorprendente día con ella.

El concierto inspira admiración y está cargado de adrenalina, dando una gran sensación de recompensa, ya que nuestra especie finalmente ha dado con un descubrimiento tan esperado. Después del espectáculo, nos reunimos con las personas que hicieron posible la cura del cáncer. Pienso acerca de cómo, indudablemente, deben adorar los resultados de su labor, pero también reflexiono sobre cómo habrán de sentirse sin el reconocimiento constante que reciben muchos artistas, actores y demás figuras públicas. Con todo, los investigadores tienen una gran oportunidad de recibir el Premio Nobel; también tienen la satisfacción de haber salvado muchas vidas.

Al terminar la recepción, MagnoliaRex y yo nos encontramos solos en una gran plaza de exteriores. Me da un fuerte abrazo y un suave beso en la mejilla.

"Gracias, Jeffrey. ¡Fue divertido!", me dice. Se aleja y desaparece.

Aunque preferiría permanecer en el escenario artificial, en lugar de hacerlo disuelvo la realidad artificial y veo el video en vivo del cielo nocturno de Atenas. Ahora estoy más vivo que cuando tenía cuerpo. Me enrosco, contento y sorprendido, tan lleno de pasión y emoción que no quiero hacer ninguna otra cosa. Pienso acerca de todo lo que ha pasado y, aunque esto no fue "real", permanezco impresionado por este día con MagnoliaRex.

Y Ahora, ¿Qué?

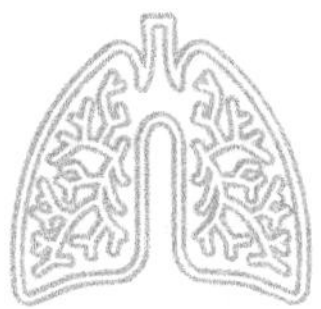

Estoy afuera, y no hay nadie más. Hay carpas puestas, esto parece que es otro festival musical. Este lugar lo puedo reconocer; los edificios altos a la distancia, el río; es Detroit. Aquí estuve en 2013 cuando vi por primera vez a MagnoliaRex en persona. Ahora este lugar no tiene gente y todo está estacionario. El cielo es azul y el sol brilla. Un intérprete parece estar en el escenario a lo lejos. Me acerco, ¡y veo a MagnoliaRex!

"Hola, Jeffrey", dice Magnolia por el micrófono. El escucharle pronunciar mi nombre es como volver a ganar el concurso. No tengo claro qué es lo que pasa. "No crees que ganar fue pura suerte, ¿o sí?".

Pienso para mis adentros: "Un momento, ¿qué? Puedo estar tan distraído casi todo el tiempo y no poder descifrar a la gente.

"No necesitas razonar; es algo real. Bueno, tan real como puede ser la vida después de la muerte", me contesta, como si escuchara mis pensamientos. "Voy a tocar mi nueva canción; se titula 'Y ahora, ¿qué?'"

Comienza la música y las luces giran y avivan el escenario. Aquí en este festival musical de Detroit solo estamos ella y yo. Me estiro lentamente y muevo mi cuerpo al ritmo. La pista musical continúa mientras ella toca instrumentos digitales. Hay nuevas capas de muestreos, pero sigue siendo una pista única con melodías recurrentes y ritmos secuenciados. MagnoliaRex rebosa de vitalidad saltando arriba y abajo, extendiendo sus brazos al ritmo de la música. Ella sigue en concentración, combinando su canción prolongada en una sinfonía electrónica.

Miro al cielo y me doy cuenta de que las nubes se agrupan; todo comienza a hacerse gris y oscuro. Comienza a llover. El sonido que esto hace en el concreto silencia casi toda la música. Me catapulto al escenario y le propongo que vayamos juntos en busca de un refugio. Corremos a un túnel subterráneo al otro lado de la plaza.

"Ahora quería estar contigo", me dice MagnoliaRex. "Sabía que esto iba a pasar. No siempre estaremos así. Algo ocurre en el exterior; simplemente no sé cuánto tiempo nos queda".

"Y ahora, ¿qué? ¿A dónde iremos? ", le pregunto.

"¿Hacia dónde quieres volar?»

"Me gustaría ser real nuevamente y tener una cita contigo. Nada rebuscado, solo una cita, algo de conversación. Ahora mismo evoco esa emoción", le respondo.

"¿Es por eso que quieres estar conmigo? ¿por la emoción?", pregunta MagnoliaRex.

"No lo sé. Esto es, de ocurrir… ¿quién sabe? Tal vez ni siquiera congeniemos", le digo.

"Pero, aquí estamos, Jeffrey, juntos ahora, hasta el final".

La observo, pleno de gozo.

Invierno Alternativo

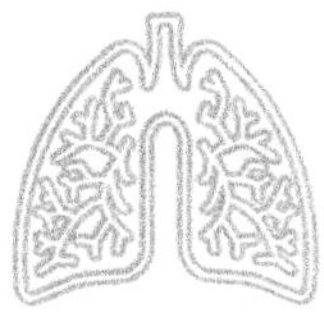

ES ENERO, Y ESTOY SENTADO en un avión esperando para salir de Austin, Texas, camino a mi casa en Massachusetts. He estado ocupado estos cuatro días en el cálido clima, en capacitación para el trabajo. Luego seguían las clases nocturnas de yoga. Para finalizar, bailé en el evento de *Soundpainting* (lenguaje de señas musical) inspirado en David Bowie que produjo el Teatro de Danza de Andrea Ariel. Ahora regreso a las temperaturas congelantes y el viento. No me preocupa la migración inversa al clima gélido; esto previene el dolor de rodilla. Estoy comprometido a permanecer el año en Massachusetts y apenas llevo dos meses.

El mundo parece relativamente pacífico, al menos en los EEUU. La economía va bien; el precio del combustible ha bajado. Me pregunto sobre cómo será la vida en otros países, cómo será su rutina de todos los días, más allá de lo que dicen las noticias. Imagino por un momento que podría darse una catástrofe dramática a causa del calentamiento global, o una perturbación nuclear o biológica que desordenara todo. Estos pensamientos trascendentes e insondables se disipan conforme los asuntos personales, el trabajo, mis metas y prioridades se agolpan en mi mente. La sociedad seguirá evolucionando, pero debo de escoger una estrategia de vida, cuando menos para este fin de semana.

El avión despega. En alguna parte se encuentra MagnoliaRex, probablemente dormida a esta hora. -- ¿soñando, despierta, o sola? Tal vez haya partido ya de gira en Europa. Escucho buscando su voz e intento recoger algún sonido, para darme alguna idea de por qué me encuentro en este sitio y lugar. La revista de la aerolínea en el compartimento trasero del asiento frente a mí se ve rara, con una portada en blanco. Elucubro mientras que observo los edificios, la tierra, y el cielo.

El avión transita a cámara lenta en tanto que las alas se separan del centro. Conforme el jet desciende gradualmente, recuerdo que esto es tan solo realidad virtual. En el asiento cerca de mí está MagnoliaRex.

"De miedo, ¿no?" me dice.

"Sí, esto ha sido mi miedo. Qué cosa pasaría ... ¿si fuera imposible aterrizar?" Pregunto, con algo de retórica.

MagnoliaRex se inclina hacia la ventana y ve conmigo mientras que el avión continúa caer con suavidad. De repente, el avión se sacude en movimiento hacia atrás; al ascender, el ala se vuelve a incorporar. Magnolia se voltea a mí con una sonrisa agrandada, luego cierra sus ojos en pensamiento solemne y meditativo.

El ala se cae otra vez cuando el avión va a la deriva, hacia tierra.

HOGAR

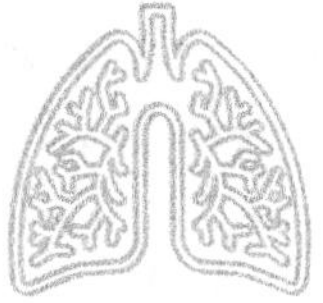

ME DESPIERTO Y SE SIENTE como si fuera la mañana. MagnoliaRex y yo vamos de excursión juntos, por un campo brillante con un pasto tan verde como las esmeraldas. El clima es tibio, como en un día de primavera perfecto. Pienso acerca de lo bueno que es estar en exteriores hoy, y Magnolia toma mi mano.

"Tan solo sigue caminando", me dice.

"No debiera de quejarme. Tu tacto se siente tan bien, el clima y todo lo demás; esto podría llamarse el paraíso. ¿Me dejas platicarte una historia de mi vida?", le pregunto.

"Mira acá", dice Magnolia.

Señala un edificio de aspecto moderno. No hay cosa alguna alrededor de nosotros excepto esta estructura y el jardín tan bien cuidado que le rodea. MagnoliaRex comienza a correr y yo la sigo. En la puerta frontal del edificio hay un letrero que dice: "Hogar".

Magnolia abre la puerta; adentro hay objetos fluorescentes de muchos colores que flotan lentamente en el aire. Parecen grumos semisólidos de líquido o plástico. Escuchamos las palabras "bienvenidos, ¡hola!". Al hablar, los grumos se hacen rojos. Los seres entonces flotan regresando a la casa. Entramos con precaución.

"Mira, ¡es mi gato!", MagnoliaRex exclama cuando un felino gris oscuro corre por la estancia. Luego un can vestido con disfraz de astas de reno se mueve en la dirección contraria. "Esa es mi perrita, pero es más joven, ¡como cuando la rescaté la primera vez!", describe Magnolia con mucho afecto.

Caminamos alrededor de la casa y exploramos. Hay un par de habitaciones, baños y una gran sala con un televisor. Al escuchar sus pensamientos, yo reflexiono acerca de lo increíble que es todo; ambos estamos alegres.

Nos sentamos en un sillón en la estancia. MagnoliaRex enciende el televisor. No importa a qué canal cambiamos; solamente hay caricaturas y películas animadas. Recuerdo algunos de estos programas de mi niñez así como la vida adulta. Magnolia reconoce la mayoría, siendo una aficionada a la animación.

Por varios días, seguimos viendo estas caricaturas, tal vez son todas las que se hayan hecho en la historia. Los grumos fluorescentes, su gato y su perra siguen ahí también, disfrutando de la animación, a la vez que entreteniéndonos a nosotros. Una noche, MagnoliaRex cambia el canal y vemos una película animada definitivamente reconocible. El programa tiene escenas alternadas de ella y mías; se trata tan solo de nosotros. Vemos nuestro nacimiento e infancia, el momento en que supe de ella, la primera vez que nos encontramos, todo. Vemos dramatizaciones traumáticas de nuestras respectivas muertes y, luego, se nos ve juntos en el festival de la cura del cáncer en el Teatro de Dionisio. Esta historia en caricaturas de nuestras vidas dura unos cuantos días. Es brillante y certera, pero exagerada y surrealista.

Una vez que la crónica animada llega al punto temporal en que entramos a esta "casa" y vemos la televisión, la pantalla queda en negro.

"¿Recuerdas el sueño que tuviste en Seúl?", pregunta MagnoliaRex.

"¿El sueño en el que querías que te siguiera hasta el fin del mundo?". Esa noche me fui a dormir temprano, después de ir al Museo de Nam June Paik. Estaba muy agotado después de irme del festival musical a las 4 A.M. Las plantas de los pies me dolían mucho de caminar por los húmedos y pantanosos campos de Valle Ansan. El agua le había causado a mis suelas grietas profundas y apenas podía estar de pie. Finalmente, al recuperarme, el sueño fue maravilloso. Ese sueño, la perspectiva, me hizo sentir impotente y, sin embargo, era más consciente de algo mucho más grande, como si así comprendiera que mi vida e historia reciente se condensaban en un momento increíble. Me imaginé que una vez que los planes para ir a Corea se habían dado, tú comenzaste a componer este sueño para mí. Tú descubriste un nuevo nivel de auto-conciencia, poder ver la vida desde la perspectiva de otra persona; esto concluyó con nubes grises y contigo suavemente vocalizando la palabra: 'pum'".

MagnoliaRex me mira seriamente; algo en ella ha cambiado, es como si acabara de recordar algo. Tiene la boca abierta y estamos sentados en un risco. Hace calor, el aire es húmedo, y yo sudo. Escuchamos voces a alto volumen y vemos bajo el risco, para así descubrir a humanos primitivos que atacan a un mamut.

Increíble cómo han progresado las cosas; ahora todo cobra sentido respecto a que evolucionamos de aprender a usar nuestro intelecto para defendernos y dominar a los animales, luego unos a los otros, el planeta, y nuestra mente", dice MagnoliaRex.

"Pensándolo así, me imagino la experiencia de una enorme granja de hormigas: cómo empieza con una o dos hormigas y luego se hace más grande y compleja. Es por demás notable las catacumbas que crearon estas criaturas, como si su ADN estuviese programado con los planos y la comprensión de la arquitectura y construcción", le respondo.

Le pregunto acerca de sus comentarios de diversas entrevistas. Una parte de mí desea descubrir perspectivas más profundas de su personalidad. Tal vez solo deseo escuchar su voz, porque proyecta el complejo entramado de su experiencia, intelecto y emociones. Al citar algunas de sus conversaciones grabadas, me interrumpe.

"¡Soy un misterio, Jeffrey! ¿Pues qué crees que necesita el mundo realmente?", dice angustiosamente MagnoliaRex.

Por un momento, mi corazón está saciado de ser algo real para ella; no una entrevista grabada, sino comunicación apasionada y bien pensada.

No tengo la mitad de las respuestas acerca de por qué estamos aquí o acerca del destino último del mundo", prosigue.

"Supongo que yo tampoco; puedo aplicar mi mejor lógica a un problema, intentar hacerte reír o tan solo conseguir tu atención, para bien o para mal", digo con una tensa sonrisa.

MagnoliaRex se me acerca y me besa en los labios.

"Es de nuevo la mañana, momento para irnos", dice.

Otras Ideas

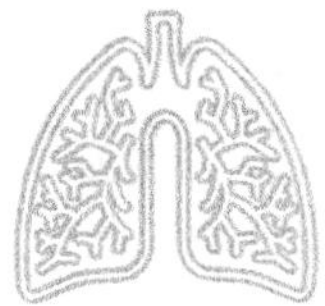

APARENTO ESTAR EN UN HOSPITAL, en quirófano. Estoy en la mesa de operaciones; hay luces brillantes, máquinas, tubos, robots y médicos. Todo es extraordinariamente silente; entonces, escucho la voz de MagnoliaRex.

"¿Suena familiar todo esto?", me pregunta.

"No realmente, pero hay algo importante acerca de todo", le digo.

"Esto es justo antes de tu muerte. Ellos intentan reparar el tejido en tu pecho, pulmones e hígado, pero ya sabes cómo es esto", dice Magnolia.

"No importa; nada podemos hacer al respecto que no sea mirar", respondo.

Esto resulta tan intelectualmente estimulante como atemorizante. Los médicos, con calma, se esfuerzan por mantenerme vivo, pero veo su frustración en tanto mis frágiles órganos se debilitan y colapsan durante la cirugía.

Nos materializamos para ver a MagnoliaRex. Ella está en casa con una gata y una perra. Los robots hacen quehaceres. Ella está sentada hacia arriba en una silla reclinable de felpa, algo alerta. Sus ojos se mueven como si luchase por permanecer viva. Hay alertas en el monitor de la pared, sonidos de advertencia y luces intermitentes, pero nadie acude al rescate.

"Sabía que era el momento de que finamente yo muriera, y heme ahí. Mi cuerpo era demasiado débil", dice ella.

Gira Mundial

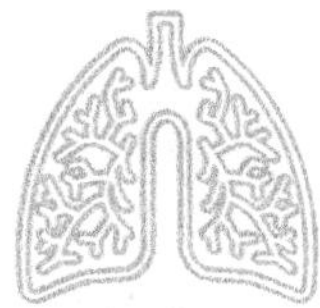

L E ANUNCIO A MAGNOLIAREX que está programada para realizar un total de doscientos siete conciertos. Habrá una presentación para cada estado soberano del mundo. Cada espectáculo incluirá una canción que será una composición única dedicada a cada país. Los ingresos de cada concierto serán entregados a una caridad escogida por los ciudadanos de ese estado. La presentación 207, en una ubicación aún por determinar, honrará a todas las personas sin país ni ciudadanía. Estaré ahí para ayudarle con su arte creativo multimedia, visual y la presentación. Esta gira mundial nos llevará al menos un año y consistirá en viajes, composición y ensayos sin parar.

"¡Acepto el reto!", afirma.

Le sonrío, ya que esto es en parte de mi fantasía y algo que pienso que ella sin duda disfrutará.

"¡Y no te cansarás ni enfermarás! le digo. MagnoliaRex me observa, sonríe y junta sus manos como si rezara.

Después de un par de semanas de preparación, estamos listos para el primer concierto, a verificarse en Bélgica. El país que hospeda al Parlamento Europeo es un apropiado punto de inicio para esta gira. La Unión Europea (UE) se puede ver históricamente como un movimiento pensado para lograr una mayor unidad pacífica global y cooperación económica. MagnoliaRex tocará su música electrónica en la ciudad de Veurne, que está cerca del punto más elevado en Bélgica.

Para el espectáculo venidero, MagnoliaRex compone una canción con elementos franceses, alemanes e ingleses. Observo cómo ella compone la música en una laptop mientras trae puestos los audífonos. Está completamente concentrada. MagnoliaRex metódicamente cambia los instrumentos virtuales, filtros y estructuras de temporización.

Para la producción, he colocado cámaras de video en la Señal de Botrange, el punto de más alta elevación en Bélgica. Las cámaras capturan en video ese lapso de tiempo para dar a los visitantes la experiencia completa de noche y día.

La presentación de Veurne es un éxito. MagnoliaRex muestra un nuevo tipo de encanto y entusiasmo. La gente de Bélgica vota para que las ganancias beneficien a la Asociación Europea para el Mal de Parkinson, para ayudar a desarrollar una cura para esta afección del sistema nervioso.

El desempeño de MagnoliaRex en Bélgica de verdad es espléndido. Los fans que asisten admiran su nueva canción y están emocionados por la oportunidad de asistir al primer concierto de la gira mundial. Casi veo que se le escapa una lágrima al final del espectáculo. Incluso en el más allá, se requiere de mucha energía mental y creatividad para conducir este esfuerzo. MagnoliaRex reunió a la gente de Bélgica para una noche de disfrute con algunas ideas progresistas y para estrenar una composición original e inspirada.

Después de la presentación, MagnoliaRex y yo nos sentamos. Estamos atónitos pero vigorizados.

"¿Por qué tendríamos que curar la enfermedad en el más allá en vez de en la vida real? ¿Hay más cosas de las que debiéramos habernos ocupado? ¿El ambiente? ¿El desarme?", dice MagnoliaRex mirando hacia arriba.

"¡Ánimo!", le digo. "Tenemos más conciertos que hacer; ¡mañana toca Eslovaquia!"

MagnoliaRex se presenta en Streda nad Bodrogom, que es una población en la frontera al sureste de Eslovaquia y Hungría. La canción que ella compone para Eslovaquia está influenciada por la parte baja del país, donde se han descubierto artefactos del Mesolítico y la Era del Bronce. Yo agrego la grabación de video del Gerlachovský štít del norte, el punto de mayor elevación en el país.

El espectáculo continúa con una deliberadamente lenta cadencia y va forjando una emoción formidable. MagnoliaRex incorpora orquestaciones instrumentales antiguas para reflejar la historia temprana de la región.

El espectáculo lleva a las personas a la frontera del país y ayuda a concientizar respecto a que, a pesar de la nacionalidad y las fronteras, la música en vivo es algo que puede reunir a la gente, si no emocionalmente, cuando menos físicamente. Esta noche, muchos húngaros asisten junto con los eslovacos. Los ciudadanos eslovacos votan por que las ganancias del concierto vayan a la Cruz Roja para ayuda humanitaria y desastres.

La siguiente noche estamos en París, Francia. Este espectáculo se hace en una réplica holográfica del Musée des Confluences (construido originalmente en Lyon). Antes de la presentación de MagnoliaRex, tomo imágenes de Mont Blanc, el punto más elevado en Francia. El museo hológrafico está lleno de personas de toda Francia. Los asistentes votan por nominar a la organización Doctores sin Fronteras (Médecins Sans Frontières) como receptora de las ganancias del concierto.

Después del concierto, MagnoliaRex dice: "Qué bueno estuvo, Jeffrey. ¡Vaya espectáculo! ¡La gente bailando como cuando me presenté en Francia en 2015!".

La siguiente mañana, MagnoliaRex y yo vamos en un tren TGV restaurado. El tren nos lleva por el Chunel, bajo el Canal de la Mancha, hacia el corazón de Londres. El concierto de MagnoliaRex para el Reino Unido será en la Sala Odeon. Antes de su presentación, nos detendremos y visitaremos a la familia real.

La familia real de 2095 tiene una estructura muy diferente a la del pasado. Con creciente oposición a una monarquía sustentada por el contribuyente, el puesto ahora se decide mediante elección y no por linaje. La votación ha tenido como resultado una variedad de individuos fascinantes que han ocupado al puesto de Reina o Rey del Reino Unido. Algunos ganadores fueron simplemente gente rica que dieron bienes y servicios a la población y así resultaron electos. Otros monarcas fueron maestros virtuosos que el público y los medios apoyaron como merecedores del puesto. Algunos se eligieron por diversión, con propósitos cómicos. En cierto año, se escogió a un perro para ser rey. Artistas, actores y estrellas bien conocidos también fueron elegidos. Irónicamente, de vez en cuando, acaso por nostalgia, el linaje hereditario de la monarquía Británica histórica resulta honrado con elegir a los que habrían estado en el puesto, de no haberse implementado las nuevas reformas democráticas.

El concierto de MagnoliaRex de 2095 está auspiciado por la Reina. Esta "monarca" fue elegida por ser una científica ambiental que condujo esfuerzos para salvaguardar gran parte del Reino Unido de los crecientes niveles de agua.

Los ciudadanos británicos votan que los fondos recaudados por el espectáculo se destinen a la exploración del espacio. Magnolia produce una nueva interpretación de "Shine On You Crazy Diamond" de Pink Floyd. Para esta remezcla, se hace de pistas de puros vocales, cambia el tono, mezcla algunas muestras de hiphop contemporáneo del RU, y agrega toques irregulares e impredecibles.

Es una noche Hermosa en el Odeon. El espectáculo se transmite para quienes desean verlo pero que no pudieron viajar o que ya no encontraron cupo para la sala. Se da una gran fiesta después del concierto a la orilla del Río Támesis, donde MagnoliaRex combina canciones de artistas británicos que no tuvo tiempo de interpretar en su concierto en el Odeon.

Mientras MagnoliaRex toca, muestro una pieza multimedia de video que le acompaña, combinando video e imágenes del RU desde los ochenta hasta 2095. Al concluir la fiesta, la multitud se disipa rápidamente.

"Todo está callado", dice MagnoliaRex.

"Sí, es un sitio soberbio para pensar acerca de la humanidad y la historia", le respondo.

"Me estoy divirtiendo más de lo común; esto me ha dado la oportunidad de hacer cosas que no podría haber hecho en el mundo real", dice MagnoliaRex.

"Creo que hay tiempo y espacio para todo, Magnolia, y este tiempo es nuestro".

"Sorprendente lo que tuvieron que hacer para salvar a Londres", dice Magnolia.

"¿La desviación del agua para prevenir que la tierra quedara sumergida?" Sí, bueno, hasta ahora exitoso. Quién sabe de las repercusiones en el futuro", digo. "Bueno, ¿y ahora?".

"Tan solo camina conmigo por la ciudad", responde MagnoliaRex.

MagnoliaRex y yo viajamos por Londres. Ella comienza a cantar mientras caminamos. Esta es la primera vez que la escucho cantar sin procesamiento de computadora y me emociona, ya que ella abre un conducto a su yo más interno. Para mí, es más que un sueño hecho realidad, aunque sea fruto de mi imaginación, porque técnicamente, no estamos vivos.

Nuestra caminata nocturna nos lleva por Trafalgar Square, Marble Arch y la Torre de Londres. Entre las paradas, tomamos el Subterráneo, que opera automáticamente; nuestros pensamientos confirman y controlan los recorridos de estación a estación.

A las 8 A.M. escuchamos el repique del Big Ben y vemos el anochecer sobre el Támesis. MagnoliaRex pone su brazo sobre mí y me da un largo abrazo. Yo quiero decir tantas cosas, mostrarme agradecido, pero en vez de hacerlo me quedo en silencio, deseando que el momento pudiera durar para siempre.

SAN VALENTÍN

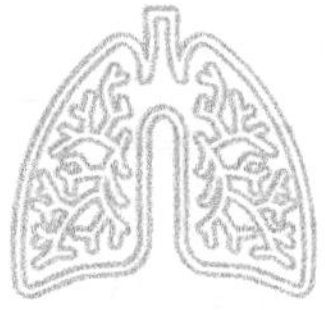

"¡JEFFREY, TE TENGO UNA SORPRESA!", me dice MagnoliaRex al estar solos en las calles de Londres. "Ya casi es el Día de San Valentín" y deseo que emprendamos una aventura maravillosa".

Planea un concierto en cierto lugar del mundo y yo he de descubrir dónde. Si trabajo con entrega y la suerte me favorece, este Día de San Valentín estaremos juntos.

"Deberás de hacer tu propia pesquisa, pero será algo que te quite la respiración y apropiado para San Valentín", me dice y desaparece.

Heme aquí, solo en las calles de Londres. Mi reloj dice que es 1º de febrero, así que falta poco para San Valentín. Debo de investigar dónde estará ella.

Desde el Aeropuerto Heathrow, un avión hipersónico me lleva a la Estación Espacial Internacional. Observo por las ventanas e inspecciono las pantallas de computadora, cavilando sobre dónde podría estar MagnoliaRex. ¿En alguna parte de su pasado, mi pasado... nuestro pasado? Tal vez ella planea algo totalmente impredecible que requerirá de análisis o de sutiles pistas.

Situado en la Estación Espacial, no hallo pistas; en su lugar, me maravilla el mundo que hay debajo. Me detengo ante la belleza de ver la ecosfera a la distancia. En la tierra, aparece un patrón firme de luz. La computadora inicia un análisis de acercamiento. La visión mejorada determina que la luz se origina desde París, Francia. ¿Acaso Magnolia estaría en París? ¿Cómo habría yo descartado algo tan obvio? El Día de San Valentín en la "Ciudad del Amor" sería una elección por demás apropiada.

Tomo una aeronave de regreso a París, donde los cielos están oscuros y la lluvia no cesa. Robots pequeños llenan los caminos y subterráneos. Los androides limpian cosas, quitando mugre de edificios, monumentos y avenidas. Camino alrededor de París buscando a MagnoliaRex. Paso un par de días explorando la ciudad a pie, pero con la excepción de la impresionante y brillante luz sobre la Torre Eiffel, no noto indicación alguna de que ella estará aquí el Día de San Valentín. Quedo perplejo y me siento. Un robot pasa rápidamente junto a mí y me tira una postal antes de reanudar su limpieza. Al lado de la tarjeta hay la fotografía de una pirámide antigua. No es ninguna coincidencia; debe de ser una pista para reunirnos en Egipto. Magnolia debe de querer que pasemos nuestro Día de San Valentín en una de las antiguas cunas de la civilización; algo milenario. Tomo el tren al aeropuerto y me subo al siguiente jet que va a El Cairo.

Al aterrizar en Egipto, para mi sorpresa, encuentro toda la ciudad llena de felinos — gatitos, gatos domésticos, leones, chitas, jaguares y demás. Afortunadamente, ninguno de estos gatos se ve feroz, violento o molesto. Mientras que los felinos se pasean y brincotean, revelan una curiosa humanidad. ¿Es esto un más allá egipcio imaginario?

Me paseo por las pirámides para encontrar una reunión de felinos inusualmente grande. En el centro figura una que parece la gata de MagnoliaRex en la etapa anterior del siglo. La felina habla y me expresa cuánto extraña a MagnoliaRex. Le explico a esta amada felina que se acerca del Día de San Valentín y que debo de descubrir donde está MagnoliaRex. De saber alguna cosa, la gata no me lo dice y se esfuma con una sutil indicación.

"No me preocupan mucho los pajaritos, pero los pingüinos podrán tener una respuesta. No he visto a un pingüino por aquí, pero eso pienso", responde el gato antes de desaparecer entre la manada.

Si puedo hablar con gatos, puedo también platicar con pingüinos, ¡y así me dirijo a Antártida! San Valentín en Antártida, con su frío hielo y glaciares, no sería tan romántico para la persona promedio. MagnoliaRex debe de querer expresar que me ama hasta el fin del mundo, ¡literalmente, hasta el extremo sur! Regreso al aeropuerto de El Cairo y encuentro un vuelo directo a Antártida que saldrá en una hora.

Ya en Antártida encuentro que las temperaturas, en vez de debajo del punto de congelación, son más bien templadas. Los pingüinos se ven diferentes a lo que uno esperaría; tal vez se han adaptado al cambio climático. Voy al centro del Polo Sur y encuentro un letrero que dice "Trafalgar". ¿Viajar a París, Egipto y Antártida, y ahora la cita sería de regreso a Londres? La lógica es perfecta. MagnoliaRex me anima a usar el sentido común. Debiera de haber permanecido en Londres porque, antes de lanzarme al espacio, tendría que haberme dado cuenta que en el amor no hay que viajar grandes distancias, sino más bien de tener fe el uno en el otro. Ella no se perdería de este San Valentín conmigo aún si no pudiera dar con su acertijo geográfico.

Vuelo de regreso a Londres para reunirme con MagnoliaRex en Trafalgar Square. Encuentro una cabina decorada con luces de neón rojas con forma de corazón. Un letrero grande dice: "¡Comienza Tu Práctica de Lectura!". Hay todo tipo de papeles y cosas para escribir, incluyendo una pluma y tintero antiguos.

Esto sin duda es obra de MagnoliaRex. No solo quiere ella que abandone Londres, sino que desea leer mis palabras de adoración hacia ella. Me cohíbo, considerando los días que desperdicié en mi búsqueda, que podía haber destinado a la escritura. Mi selección es una pluma moderna de agarre fácil. Transformo mis sentimientos, reflexiones y ansia por MagnoliaRex a palabras en el papel. Estas frases describen cómo ha sido mi vida al pasar cada día con ella desde que gané el concurso. Detallo el disfrute de ver caricaturas y acompañarle en sus gloriosas presentaciones y, tal vez, por encima de todo, la emoción de estar cerca de ella.

Brisas ruidosas inundan Trafalgar Square y mi pluma sale volando. Miro hacia arriba y veo otro aviso de neón flotando desde lo más alto de la Columna de Nelson. La estatua de Lord Nelson me habla con voz apabullante, llenando el área.

"Jeffrey, ¡tu destino es ir a España!", ordena Lord Nelson.

Entonces pienso: "¿Por qué MagnoliaRex querría que yo fuera a España?" España para el Día de San Valentín podría ser algo romántico. Lord Nelson tuvo este destino, España, durante la guerra en 1805. Ese destino fue la muerte. Ciertamente yo no quiero estar sujeto a tal suerte, si eso es lo que piensa ella. ¿Es esto una treta?

"Jeffrey, ¡MagnoliaRex te ordena que vayas a España!", ruge Lord Nelson.

"¡Sí, Horatio! Si esa es la solicitud de MagnoliaRex, ¡a España voy!", le respondo y me dirijo a la Estación de Paddington. El Expreso Heathrow 2999 toma dos minutos para llevarme al aeropuerto. En Heathrow, hay un gran letrero que dice: "Registro para España". Llego al mostrador de la aerolínea, nervioso, porque se acerca el Día de San Valentín; solo me quedan unos días.

"¿Dónde está el avión a España?", le pregunto al robot instalado en el mostrador.

"Por favor, tome este boleto para la Terminal 1", responde el androide. Me da un papel que dice: "Válido para uno: Vuelo a España". Mi caminata a la terminal se completa rápidamente, con registro y pase de seguridad eficientes, siendo un proceso mecánico. Corro a la sala donde se supone que va a despegar el avión. Las pantallas indican que el avión tendrá abordaje en una hora. Sesenta minutos después, no pasa nada. Los pasajeros que esperan se sientan pacientemente como si no se percataran de que es hora de partir.

"¿Por qué no hay ingreso al vuelo?", pregunto al empleado.

"El ingreso al avión comenzará en noventa y nueve años", dice el empleado tras ver la pantalla. "Noventa y nueve años, trescientos sesenta y cuatro días, veintitrés horas y cincuenta y cinco minutos, para ser exactos".

Le explico que esto no está bien, porque debo de estar en España antes del Día de San Valentín. El empleado pregunta si deseo un vuelo antes.

Le digo: "Sí, por favor". Este me da un nuevo boleto y me indica que vaya a la Terminal 2.

Corro a la Terminal 2. A la distancia, veo una fila de personas que abandona el área de la sala. Finalmente, al llegar, ya no hay fila y la puerta de la sala ha cerrado. ¡Llegué demasiado tarde!

Para no rendirme, me dirijo a la Terminal 3. En la Terminal 3 hay un vuelo a España, pero este saldrá en veintiocho años. En la Terminal 4, hay otra fila de personas abordando, pero ya cuando llego ahí, encuentro otra puerta cerrada. En las Terminales 5 y 6 encuentro más de lo mismo; los vuelos o ya salieron, o estarán en espera por varios años.

Llega el momento de poner en práctica una estrategia diferente, así que regreso a la Terminal I. Le digo al dependiente que veintinueve años es muchísimo tiempo. Le explico el motivo de haberme perdido las anteriores presentaciones de San Valentín de MagnoliaRex, ya fuese porque estaba enfermo o porque no estaba vivo. En 2059 estaba listo para ver su presentación en Tahití, pero estaba demasiado cansado para nadar hacia allá. Mi promesa es que si podemos hacer que la tripulación nos lleve a España ahora, en los veintinueve años de tiempo que tenemos para abordar al avión, ¡se puede efectuar el viaje de nuevo! El dependiente no puede dar una buena respuesta acerca de qué planean hacer mientras esperan. Tras cierta deliberación, el empleado accede a hacer que la aerolínea complete un vuelo extra, todo sea por el Día de San Valentín.

El caballero anuncia que un viaje expreso especial saldrá en breve hacia España y hay mucha emoción mientras se expiden los boletos para el vuelo. Entro al avión y espero conforme los asientos se llenan y las puertas se cierran. Mi corazón late, ya que casi se me acaba el aire tras mis carreras en el aeropuerto. Me emociona estar sentado en un avión, listo para partir y llegar a ver a MagnoliaRex en España.

El vuelo aterriza en Jerez de la Frontera al sur de España. Desde el aeropuerto, tomo un tren a Cabo Trafalgar. En la costa del cabo, está anclado un gran barco. El avión es el HMS Victory. Lord Nelson fue asesinado en el HMS Victory al recibir un disparo de los franceses en 1805 durante las Guerras Napoleónicas. La embarcación está prácticamente vacía, con una tripulación de esqueletos. Los marinos dicen que tienen órdenes de llevarme a Roma.

Y entonces, pienso: '¿Roma? Después de todo esto, ¿MagnoliaRex me espera en Roma?' Bien, con seguridad, veo, obviamente, Roma es "romántica" y sería un lugar perfecto para pasar juntos San Valentín. Pero más lógicamente, en el año 273 D.C., San Valentín, un italiano, se quemó no muy lejos del norte de Roma. Magnolia lleva la celebración del día de regreso a su raíz histórica. ¡Ingenioso!

Navegamos hacia Roma, lo que nos toma unos tres días. Al bajar del barco, agradezco a la tripulación por su tiempo y destreza marina.

Roma está plena de movimiento, siendo ahora la sede de los nuevos cuarteles centrales de las Naciones Unidas. En vez de turistas, la ciudad está llena de expatriados internacionales que promueven iniciativas por la tierra. Después de buscar por la ciudad brevemente, llego al Vaticano. ¿Roma es en realidad la ciudad apropiada? ¿Hay acaso alguna otra pista obvia que MagnoliaRex me hubiera comunicado en Londres semanas atrás? Pienso de nuevo sobre París, Egipto, Antártida, Londres, España y, ahora, Roma. ¿He olvidado algo?

Durante mi deliberación, un grupo de Guardias Suizos marchan hacia mí y me indican: "Debe ir a nuestra casa. ¡Mañana es San Valentín!"

¿Su casa? ¿Pues que no están ya en casa? ¡Ya! Guardias Suizos, ¡Suiza! Esto tiene sentido. En 2015, una semana antes de San Valentín, decidí ver a MagnoliaRex presentarse en Zurich, Suiza. Fue algo irracional, pero tuve que hacer caso a mi corazón y cruzar el Atlántico volando para verla. Ella entonces dio una plática, y, oh, esto tendría que haber sido una de mis primeras intuiciones.

En el aeropuerto hay una fila de Guardias Suizos al lado de un avión con destino a Zurich, listo para despegar. Abordo la nave y me pongo el cinturón. Al despegar el avión, acelera con gran velocidad. En vez de un vuelo estándar, abandonamos la órbita de la Tierra. Estoy nervioso a la vez que en paz con las cosas, ya que esto no está bajo mi control. El avión se dirige a su destino; soy un pasajero. Miro por la ventana repetidamente y pienso acerca de mi nueva existencia y la sensación de serenidad. Con un poco de suerte, me reuniré de nuevo con MagnoliaRex.

El avión desciende y aterrizamos en Zurich. Desde el aeropuerto, los Guardias Suizos me llevan al Sechseläutenplatz, que se ilumina con láseres y pantallas de video mostrando grabaciones del Día de San Valentín de todo el mundo. A pesar del clima frío, hay una gran multitud y un escenario alto. El nombre de MagnoliaRex aparece en la platina.

MagnoliaRex toma el micrófono y saluda a la concurrencia: "¡Feliz 14 de Febrero a todos! ¡Vamos a divertirnos!" La multitud de pronto desaparece y la música se detiene. MagnoliaRex me envía un beso y me dice: "¡Feliz San Valentín, Jeffrey!"

La concurrencia vuelve a materializarse y la música continúa. La gente está feliz, bailando, y transcurre un perfecto San Valentín.

MIAMI

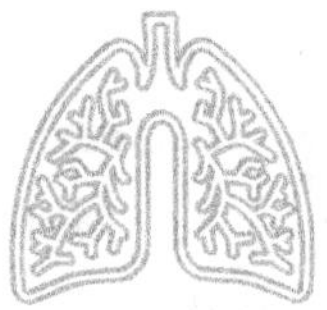

EL SÁBADO 16 DE MAYO DE 2015, mi vuelo nocturno desde Los Ángeles a Miami aterrizó como a las 6 A.M. Tokimonsta tenía previsto presentarse en el festival musical de Miami Beach alrededor de las 5 P.M. Yo había planeado este viaje por un par de meses y, finalmente, había llegado el día. Mi itinerario de la semana incluía un vuelo desde Boston a una conferencia de informática médica en Los Ángeles, luego este vuelo nocturno a Miami. No había visto a Tokimonsta desde San Valentín en Zurich y estaba emocionado por volverla a ver.

Desde el avión, había una caminata de media milla hacia el vehículo de traslado, que era como un tren con la excepción de que no tenía que hacer tantas paradas y no tenía conductor, ya que se operaba por computadora o control remoto. A mí me confundía la señalización y terminé dando una vuelta completa de vuelta al aeropuerto. En la segunda ocasión, salí por la puerta correcta y entonces caminé un poco a la estación de Miami.

El metro se retrasaba, pero de pronto los motores del tren arrancaron y nos movimos hacia el centro. El metro de Miami tenía los más grandes y pesados transportes ferroviarios, algo así como los de la línea roja del metro de Los Ángeles en comparación con los nuevos transportes de vías férreas de ciertas ciudades. Era una mañana hermosa y tibia. Desembarqué en la parada del vecindario Brickell, bajé las escaleras hasta la calle y me dirigí al hotel. Ya eran entonces como las 8 A.M. y, desafortunadamente, el hotel no tenía una habitación lista para mí tan temprano. Le di al empleado del hotel mi número telefónico y esperé pacientemente en un sillón. Cansado de mi vuelo de Los Ángeles, me dormí en el *lobby*.

Me desperté y busqué con mi teléfono una clase de hot yoga que estaba por comenzar muy cerca. Tomé mi equipaje y me dirigí a la clase. Después de pagar, me sentí listo para ejercitarme, sudar y estirar mi cuerpo. La clase estaba repleta de personas bronceadas y el profesor tenía un acento que sugería origen europeo.

Después de la clase leí un mensaje de voz del hotel notificándome que mi habitación estaba lista. Esto era perfecto, porque ya casi era mediodía, aún a cinco horas de que Tokimonsta, según el programa, se presentara. Compré algo de comida de una tienda y me dirigí al hotel. Me registré e instalé. Era un hotel nuevo, amigable con el ambiente. El centro de Miami parecía estar en fase de crecimiento, lleno de construcciones. No estaba seguro exactamente de qué industria propiciaba tal crecimiento; tal vez se debía al enamoramiento del capital internacional del clima tibio, las palmeras, y la cercanía de Miami con los mercados del Caribe y Latinoamérica.

Ya se acercaba la hora del comienzo del concierto. Tenía hambre nuevamente, así que busqué algo más para comer. Después de explorar buscando sitios abiertos, compré un emparedado vegetariano de una cadena nacional. Probablemente, la opción más sana y económica. Pedí mi acostumbrado pan de grano y avena con pimientos verdes, cebollas, queso feta, un poco de aceite; todo bastante tostado. El tostado de los pimientos, las cebollas y el aceite propicia el sabor y crea una mezcla y textura mucho más atractiva. Pedí muchas espinacas, luego pepinos, cilantro y jalapeños. Esta comida es muy buena cuando tengo poco tiempo y busco una fuente de nutrición consistente pero amena, versus la alternativa de sitios de comida rápida a base de carne.

Regresé al hotel donde comí, me bañé y me preparé para el concierto. Ya casi habían pasado dos años desde la primera vez que me puse mi maquillaje de mimo y las cruces rojas en las mejillas en una de las presentaciones de Tokimonsta, pero para este día en Miami, mi personalidad de pantomima — basada en el personaje Baptiste de la película *Children of Paradise* (*Les Enfants du Paradis — Niños del Paraíso*) — iba bien. Junto con el maquillaje, de nuevo me puse una playera que alentaba a las personas a dejar de fumar. Había donado mis playeras previas en 2013, siendo que había dejado la personalidad de mimo al moverme a Boston meses atrás. A pesar de mis intentos de destinar mi atención a otras cosas, seguía extrañando a Tokimonsta, así que mandé hacer nuevas playeras para esta ocasión.

Originalmente, el concierto iba a darse en la bahía, cerca del centro, pero se había reubicado a Miami Beach en los primeros días de la semana. Al dejar el hotel, consideré tomar el transporte público hacia la sala de conciertos en Miami Beach, pero me preocupé por la posibilidad de no llegar a tiempo. Usé mi teléfono para solicitar un servicio de transporte compartido. El conductor llegó rápido. Al partir, el conductor me preguntó por mis preferencias musicales. Le mencioné de inmediato a Tokimonsta. El conductor buscó su música y escuchamos unas cuantas canciones en el auto. El tráfico era pesado, pero el conductor me aseguró que llegaríamos a tiempo. Finalmente, nos incorporamos a la autopista y comenzamos el viaje desde tierra firme cruzando Biscayne Bay hacia Miami Beach. Después de maniobrar a través de algunos sitios con más tráfico, paramos justo fuera de la sala de conciertos.

No había fila afuera de Fillmore Miami Beach en el Auditorio Jackie Gleason esa tarde. Estaba preparado con mi licencia de conductor y *smartphone* con boleto virtual. Uno de los guardias de seguridad me indicó que no se permitía que las personas usaran máscaras. Me preocupé por un momento por si me denegaban el ingreso, pero me mantuve sereno, intentando tener confianza en que me permitirían entrar a pesar de mi maquillaje. El personal rastreó el boleto en mi teléfono y caminé calmadamente hacia el *lobby*. Había comida, bebidas y productos a la venta. Caminé hacia la sala de concierto principal. Había poca ocupación para el inicio del espectáculo y un DJ estaba tocando en el escenario. Me aproximé lo más posible al frente, ya que Tokimonsta saldría pronto a tocar.

Bailé una hora y aguardé con paciencia. Finalmente, Tokimonsta salió y comenzó a tocar su música electrónica. Bailé y me pregunté si ella realmente me atraía. ¿Era esto amor o solo una infatuación prolongada? Disfruté de verla de nuevo, pero ese día hubo tensión. Al terminar la música, no tenía razón para quedarme y me retiré rápidamente. En otras ocasiones, yo me habría quedado, me habría tomado foto con ella o pedido su autógrafo, alguna vez la invité a salir. ¿Ya que más podría pedirle este día?

Afuera de la sala del concierto, deliberé respecto a cómo iba a regresar a mi hotel. Podría tomar un taxi o tal vez el transporte público. Seguía vestido de mimo. Un bloque de auto servicio de bicicletas públicas, también conocidas como bicicletas compartidas, estaba disponible para rentar. ¡Sería toda una aventura andar en bicicleta por Biscayne Bay hasta el hotel! Primeramente determiné, al usar mi móvil, que la bicicleta podía devolverse en el centro. Usé unos cuantos minutos intentando hacer que la máquina aceptara mi tarjeta de crédito y liberara la bicicleta. Tenía un nivelador de asiento atascado y no podía ponerla a la altura correcta, de forma que prácticamente estaba de pie al guiar la bicicleta. Pedaleé hacia adelante, maniobré hacia la calle e intenté seguir las indicaciones de mi teléfono. Al final de la calle había un camino de línea de playa. Unas cuantas cuadras después, la gente caminaba como si formaran parte de una fiesta de playa privada con DJ. Lo único frente a mí era el océano, lo que no tenía la pinta de ser mi sendero. Volví a checar mi teléfono y comprendí que de alguna manera había tomado el rumbo equivocado. Di una vuelta en U y me dirigí al centro de Miami.

Ya tenía años desde que había andado en bicicleta, pero mi memoria motriz ya mismo se activaba y me propulsé por la calle con actitud segura, con avance franco. Compartir la calle con el tráfico congestionado fue el reto principal. Ahora iba por el camino correcto desde Miami Beach hacia la ciudad. Por un momento, me olvidé de mis incómodas emociones con Tokimonsta en la sala de conciertos y disfruté de un viaje triunfal en el fresco aire de Miami esa tarde de sábado. Sentía como si yo fuera parte de una performance artística a la vez que anuncio de servicio público. Sin haberlo planeado, hacía justo lo mío: ¡exploraba

Miami en bicicleta! Este viaje no planeado de dos ruedas, de propulsión humana, fue extremadamente gratificante, como ser un actor de mi propia y peculiar película.

En mi viaje hacia el centro me topé con un puente que se había elevado parta permitir el paso de botes debajo de este. Después de que el puente bajara y se abrieran las entradas, lo crucé. En el centro, encontré la máquina de renta de bicis compartidas y aparqué la mía. La bicicleta se enganchó automáticamente.

Subí las escaleras hacia la estación de traslado de personas y tomé una serie de bucles para regresar a mi hotel en Brickell. Una vez en mi cuarto, me detuve a pensar acerca de la aventura del día. El inesperado viaje en bicicleta había hecho de mi viaje algo único y me alegró el día. Había hecho un poco más de ejercicio, respirado aire fresco y había obtenido vistas de la vida sabatina en las calles de Miami.

Terminé mi día cenando en un café. Tokimonsta anunció en redes sociales que también ella abandonaría Miami pronto. En la parte posterior de su publicación había la imagen de un *scooter*, y yo, con mi vivaracha imaginación, me figuré que ella habría sabido de mi fantástica aventura ciclista. Tenía que trabajar el lunes, así que me fui a dormir temprano y, de mañana, tomé el transporte para el aeropuerto. Poco después ya estaba volando de regreso a Boston.

Inventario de la Imaginación

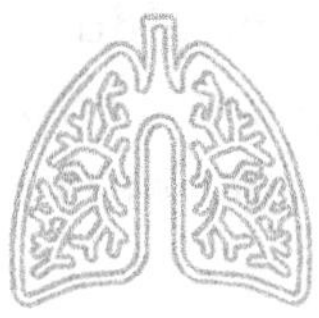

ME DESPIERTO DURANTE MI SUEÑO, preguntándome dónde anda MagnoliaRex. Un objeto grande, translúcido, está frente a mí. Debe de ser su cerebro.

Una parte de su mente es esponjosa, tal como esperarías que fuera el interior de un cerebro. Extiendo mi mano para sacar algunos discos. Son auténticos discos de Psych Rock y hip-hop, así como auténticos hallazgos de tienda en vinilo.

Debajo, hay un cuarto de medios escondido. Las pantallas de video en las paredes muestran la historia del hip-hop, pop, y electrónico, haciendo énfasis en finales de los 90 e inicio de los 00. En las sillas gigantes figuran Dr. Dre, Snoop Dogg, Nas, Missy Elliot, Tupac Shakur, Andre 3000, y Eminem, comiendo M&Ms.

Una puerta lleva hacia una sala más ostentosa y silenciosa, un espacio para el conocimiento musical temprano de

MagnoliaRex. Los anaqueles están repletos de instrumentos y partituras. A los lados, hay cámaras de ensayo.

Al viajar a un elevador escondido, se descubre un gran salón. Esta área está inundada del arte, moda y diseños creados por ella. Son réplicas de tamaño épico de portadas de discos y gráficas de videojuegos.

Al viajar por un largo corredor, se muestra un complejo de edificios postmodernos que yo pudiera pasar semanas explorando. Estas construcciones contienen libros y objetos que representan las lecciones académicas formales de MagnoliaRex. Luego hay un anexo de matemáticas y ciencia, hospedado en un inmenso icosaedro que da vueltas. Los salones a nivel de calle están dedicados al estudio de idiomas. Un edificio tiene la forma del Pentágono, asignado para estudios de Relaciones y Negocios Internacionales; temas tales como migración y política económica es lo que se discute aquí.

En otra sala, encuentro historias de viaje, pasaportes antiguos, visas, todo aquello que dejaron los viajes. Los asientos de cada avión en los que MagnoliaRex se sentó o en que durmió, se encuentran dispuestos en un original patrón globular.

Hay una torre que alberga todas sus comidas y bebidas favoritas. Hacia abajo, salen destellos intermitentes de luz conforme se toman fotos de la amplia muestra de invenciones culinarias que ella creó y comió.

Más allá, en un vivaz castillo, hay apreciados personajes de dibujos animados saltando. A un lado del castillo hay un sillón grande y cómodo, donde imagino que MagnoliaRex preside el animado jolgorio.

Hacia la derecha en un túnel, y luego subiendo por un elevador, encuentro un lujoso hotel. En esta edificación magna y ultramoderna, las estrellas de realities de TV vierten champaña, participan en retos, toman duchas calientes y hablan en vernáculo (echando tierra) entre sí.

Camino hacia afuera apara encontrar un zoológico y jardín botánico que contenga todos los animales y plantas que ella ha conocido, incluyendo simios y perezosos. Sus perros, gatos y criaturas rescatadas favoritas se relacionan pacíficamente, comiendo y jugando entre sí. ¡Hay flores! ¡Todo tipo y variedades de magnolias, más de 209! Hay salas con cada color posible de magnolia que puedas imaginar. Este ensamble contiene una colección completa de magnolias prehistóricas. Con tantas flores provenientes de múltiples eras, todo en un sitio, puedes rastrear visualmente su evolución hasta la era moderna.

Hay una catedral abierta dedicada a las vidas en las que MagnoliaRex tuvo impacto. Aquí conoces a los individuos por los que ella hizo trabajo voluntario. Hay personas que verdaderamente aprecian su música y estilo, y que se consideran expertos de MagnoliaRex, incluyendo a los que llevan tatuajes de MagnoliaRex. Aquí, en profunda contemplación y agradecimiento están las almas que escucharon sus canciones durante tiempos difíciles en su vida, que recibieron consuelo e inspiración artística.

Cerca hay un parque con fans y seguidores casuales en redes sociales. Hay un grupo apiñonado de chicos que, mientras ven la televisión, han quedado inesperadamente intrigados por un interludio anónimo de su música.

Toda una arena se retaca de gente que piensa que ella es una flor, o un dinosaurio, o las dos cosas. Aunque no lo saben bien, y posiblemente para desazón de MagnoliaRex, bailan, creyendo que escuchan la música de un horticultor maestro de los días anteriores a la historia escrita.

Hay un amplio espacio de todo lo que queda en su imaginación, real e irreal, que no se ha formado completamente aún. Esta región abstracta está llena de colores y visiones a medio completar. Cuando miras hacia arriba, parece que Frank Gehry hubiera diseñado el cielo.

Me acerco a lo que parece ser la salida y veo algo extrañamente familiar. Un reflejo de mí mismo me observa. El retrato está silencioso y tiene una expresión profunda, pensativa y paciente. ¿Este es mi yo del pasado o el del futuro? La suma de todas estas cosas no define su existencia. No puedo estar solo aquí. Debo de proseguir al mundo real y dar otro paso, sin importar cuán atemorizante sea. ¿Existe acaso un destino peor que la muerte?

Borrachera Interplanetaria

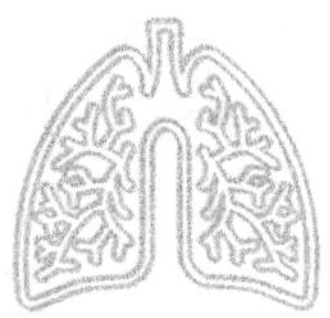

MAGNOLIA ESTÁ JUNTO A MÍ en un sillón. La TV está encendida y sus ojos permanecen fijos en los personajes animados.

"¿Jamás te fatiga ver caricaturas?", le pregunto.

"Pues sí, pero entonces me dan ganas de crear música o algo", responde.

"¿Qué clase de diseño se te ocurre para hoy?", le pregunto.

Se voltea y me mira con cuidado. La miro profundo a los ojos. En sus pupilas hay rojo, azul y centelleos de luz amarilla en movimiento.

La veo más de cerca, distraído, y entonces estamos en otro sitio.

"Hoy visitaremos el planeta WASP-12b", dice Magnolia-Rex. "El planeta fue identificado originalmente por humanos en 2008. 12b gira alrededor de su sol, WASP-12, que se puede ver en el horizonte. Hace bastante calor, de modo que esta pequeña nave nos protege".

Estoy en una pequeña nave deslizadora de dos asientos, sofisticada y semitransparente. MagnoliaRex está junto a mí mientras que vemos hacia abajo a 12b. La atmósfera roja-amarilla circunda la superficie oscura y montañosa, llena con algo que parecen grandes valles de diamantes. En el piso hay contingentes de habitantes, muchos de ellos con múltiples brazos. Las criaturas realizan una construcción mecanizada. Reconozco algunas de las estructuras que construyen. Parecen ser réplicas abstractas de construcciones simbólicas ya existentes en la Tierra, incluido el Taj Mahal. Otros edificios parecen aeropuertos, estatuas de humanos y naturaleza. La mayoría se ven algo chistosos, porque varían en altura y tamaño.

MagnoliaRex dice que años atrás, estas criaturas de WASP-12b, conocidas también como los docesinos, detectaron la sonda Voyager II —lanzada en 1977—, que viajaba por el espacio interestelar. Los seres rastrearon la Voyager y completaron un análisis detallado. Les impresionaron los sonidos e imágenes codificadas en los discos de oro de la sonda. Los seres resultaron cautivados por la experiencia humana y por la Tierra en sí. Como parte de su investigación y veneración, están esculpiendo réplicas tridimensionales de las imágenes de los discos de oro en su propio planeta.

Miro hacia abajo y me impresiona el detalle que han puesto en estas estructuras, todas mucho más grandes que las originales. Me pregunto qué habrían pensado las personas de algunas de las fotografías de saber que a eones y años luz de distancia su réplica se forjaría de esta manera, como si fuera arte.

Nuestra nave especial flota unos cuantos pies sobre uno de los docesinos, mientras que este construye una réplica de un violín. El organismo usa taladros para esculpir la formación del instrumento de cuerda, a partir de un reborde de diamante. Ocasionalmente, la criatura se detiene, como si pensara.

"Este individuo estudia los datos de imágenes de los discos de oro de la Voyager", dice MagnoliaRex. "Puede recordar tan solo cierta cantidad e intenta construir la configuración de forma que sea tan parecida a la fotografía como se pueda. Siendo tan solo una imagen, el reconstruirla en tres dimensiones es tortuoso".

Vuelvo a mirar con más cuidado. Sí parece ser un violín, pero los lados son abstractos, con curvas caprichosas. MagnoliaRex deja salir un suspiro fuerte, casi sensual, que me parece divertido. Señala a uno de los docesinos; este sigue construyendo.

Dentro de mi cabeza, escucho a Magnolia volver a suspirar, mientras que el violín se talla lentamente a partir de la superficie del planeta. Una nave espacial más grande se acerca y se mueve lentamente sobre la reproducción. Láseres de esta nave cubren el exterior del violín. Los rayos crean un exterior centelleante en la formación y, en cuestión de segundos, podemos ver que los colores del instrumento son iguales a los de las fotografías originales de la Voyager.

Al retirarse la gran nave especial, un docesino se pone en pie y camina alrededor de la réplica del violín, andando lentamente, como si estuviera cansado. Intenta moverse pero parece dolorido y se queja, emanando ruidos distorsionados y agudos. El ser está decidido y continúa arrastrándose en su camino. Finalmente, la criatura se detiene y colapsa.

La aparente muerte de este extraterrestre es algo triste. Volteo para ver a MagnoliaRex, pero ella no está preocupada. El docesino es como un insecto varado, apenas mueve sus brazos. Otra nave espacial vuela cerca y extiende un mecanismo robótico que recoge al caer.

"¿A dónde va?", le pregunto a MagnoliaRex.

"A descansar; ya ha andado mucho tiempo. Estos organismos son reales, no robots, así que tienen también un ciclo de descanso", dice MagnoliaRex.

Seguimos la nave especial que recogió a la criatura conforme recoge otros docesinos cansados e inhabilitados. Esta nave de rescate vuela hacia el cañón a un lado de una montaña. La nave aterriza y se abre. Una gran plataforma, repleta de docesinos caídos emerge y se desliza por un corredor. Nuestra deslizante sigue de cerca hacia un cuarto inmenso que tiene diversos artefactos salientes. Se le esparce a las criaturas una sustancia pastosa, luego se les limpia con corrientes concentradas de aire. Las luces son brillantes, y me imagino que de no ser por la protección de nuestra deslizante, no podríamos ver esto.

"Así como las plantas obtienen su energía del sol, estos seres sobreviven en las frecuencias de luz generadas por estos dispositivos. Tal vez ellos puedan encontrar la forma de crear rayos sanadores usando trajes espaciales polarizados, pero este es el método que prefieren. Los momentos aquí se dan cuando ellos experimentan la comunidad, una tradición que perdura".

Después de cierto tiempo bajo estas luces, estos docesinos comienzan a moverse y se llenan de vida nuevamente.

Se sacuden y mueven como si bailaran. En la caverna, oímos tonos parecidos al ritmo grave de un bajo.

Mientras los docesinos se sacuden, escucho en mi cabeza una suave interpretación de "Whatever Lola Wants" de Sarah Vaughan. Los seres bailan al mismo ritmo de la grabación; es bastante raro. Miro hacia MagnoliaRex, que tiene en su cara una ligera sonrisa. Me doy cuenta de que ella también está escuchando. Yo he disfrutado de esta canción en múltiples ocasiones. MagnoliaRex me sorprende y toma con firmeza mi mano.

Soluciones 2095

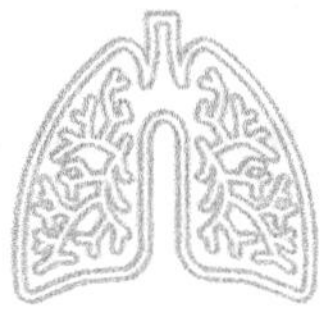

MAGNOLIAREX Y YO ESTAMOS SENTADOS juntos en el aeropuerto de Detroit.

"Hoy volamos hacia Tokio", me informa.

"Tokio, eso es emocionante. ¿Alguna razón en particular?", le pregunto.

"Es algo inspirador, Jeffrey, y quiero estar ahí contigo", responde ella.

"¿Qué es?", le pregunto.

"Ahora no te puedo decir, ¡eso arruinaría la sorpresa!", exclama ella.

Abordamos el avión y pronto despegamos. Hay varias películas interesantes en reproducción, lo mismo que historias para leer en las revistas de la aerolínea. Estoy tan feliz de ir por los aires, tan cerca de ella.

En el sistema de entretenimiento del avión hay un fragmento informativo de Japón. La historia trata acerca de cómo los científicos han retro adaptado los componentes de reactores nucleares con tecnología eficiente y limpia. Usan este equipo en múltiples sectores de la ciencia. Se ven grabaciones repetidas de arreglos de algas marinas con explicaciones relativas a cómo se las puede transportar unos cuantos pies, o hacerlas crecer pasivamente por meses usando energía concentrada.

Volteo a ver a MagnoliaRex; ella presta total atención a las noticias. Si bien Magnolia sabe de música más que de otra cosa, cuenta con una profunda comprensión de los asuntos mundiales y de la ciencia. Quiero abrazarla, pero me doy cuenta de que ahora probablemente no es el mejor momento.

Aterrizamos en el aeropuerto y tomamos el tren hacia el centro de Tokio. Es la mañana del sábado y la ciudad vibra con el bullicio del día. Llegamos al hotel y nos registramos.

Magnolia cierra las cortinas y tomamos una siesta. Aproximadamente una hora después, me levanto para ver su cara. Me siento como si estuviera en otro planeta de la alegría, porque no me puedo creer que esta sea mi existencia actual. Podría no ser la realidad, una mera ilusión en cambio y, no obstante, estoy satisfecho.

"¡Hora de irnos!", escucho.

Nos bañamos, vestimos y bajamos en el elevador. MagnoliaRex me lleva al subterráneo. Tomamos el tren y luego volvemos a salir a la calle. A apenas unas cuadras está el centro de investigación científico que habíamos visto en el segmento noticioso del avión. MagnoliaRex exhibe una tarjeta de identificación de aspecto oficial y me da a mí un gafete temporal. Caminamos por varios corredores e ingresamos a una gran sala de mando.

"Aquí puedes monitorear todos los experimentos en los que trabaja este grupo. A mí particularmente me fascinan los resultados de un proyecto musical y de sonido", dice MagnoliaRex. Señala una pantalla que muestra un grupo de niños. Algunos de los jovencitos discuten y comienzan a gritar. Escuchamos música y los niños que pelean se detienen y relajan. Es como si se les hubiera administrado dopamina.

"¡Es increíble!", le digo a MagnoliaRex. "Pero, ¿no les estamos enseñando tan solo a evadir sus sentimientos y socavar sus instintos naturales para el conflicto?".

"¿Nuestra predisposición natural hacia la guerra? De ser así, supongo, pues sí", responde Magnolia.

"Los ataques y las batallas se podrían detener o prevenir con esto; o sea, de estar en el mundo real", le digo.

"Idea novedosa, ¿verdad? ¡Piensa en cómo la progresión de la composición de música, la producción y el arte de los DJs podría dar paz a facciones opuestas!", me responde.

"Sí, pero ¿qué hace eso para resolver el hambre, los prejuicios históricos, las diferencias en códigos morales, y otras causas raíz de los conflictos?", pregunto a MagnoliaRex.

"Ya veo; no es algo infalible. Pero, ¿qué idea tienes?", me responde.

"Para mi idea, Magnolia, necesitamos ir al desierto", le digo mientras improviso mi propia visión para resolver los problemas del mundo.

"¿Qué desierto?", me pregunta.

"¡El Sahara!", le exclamo.

Una gran masa de algas marinas húmedas se materializa frente a nosotros. Conforme el agua se escurre, Magnolia presiona el botón en una consola. Las algas se secan y el agua se evapora.

MagnoliaRex y yo abandonamos el centro de ciencia de Tokio, tomamos un tren al aeropuerto y un avión al desierto del Sahara. Aterrizamos en la colindancia del Emi Koussi, un volcán inactivo.

"Observa: este lugar parece prácticamente inanimado; es decir, no hay vida que podamos ver. Hay microorganismos e insectos que sobreviven en el suelo. Con toda seguridad están por aquí", le explico a MagnoliaRex.

Caminamos hacia el centro del antiguo volcán. Una pequeña estructura circular sube, a modo de elevador. La puerta se abre y caminamos hacia adentro. Se cierran las puertas y la estructura comienza a descender. Bajando, las paredes son iluminadas por una historia en video de este proyecto en el desierto — un plan para acabar con el hambre.

En un principio, los científicos pensaban que descubrirían cómo irrigar el desierto y el volcán, y comenzar la producción agrícola tradicional. En vez de ello, el equipo decidió que sería mejor dejar tal cual al volcán y cultivar comida y nutrientes debajo de la tierra, usando el calor natural de la Tierra.

Los ingenieros habían construido una red de cámaras que se contorsiona con los cambiantes patrones sísmicos cerca de la falla. El calor de la tierra ayuda a que en la planta crezcan alimentos rápidamente sin necesitar un clima favorable. La desalinización eficiente de agua de océano entubada permite que estos cultivos ambientales específicos sobrevivan y produzcan suficientes granos, proteínas y vitaminas naturales para la población mundial. Podríamos eliminar el hambre con estas plantas al usar la energía natural del centro de la Tierra.

"¡De tan solo haber tenido esto en nuestros tiempos!", dice MagnoliaRex.

"Podrías cambiar el tiempo con tu red de científicas/os en Tokio; este podría ser nuestro 2013 o 2017, ¿cierto?", le replico.

MagnoliaRex y yo hablamos acerca de lo que realmente teníamos en nuestros días de existencia real: restaurantes de comida rápida que abrían hasta tarde, queso a la parrilla, tiendas de cupcakes, hambre, desnutrición y desempleo. El habernos adentrado en lo que podría crear un mundo más perfecto hace de los problemas del pasado algo más discernible, pero en tanto individuos, ¿qué podríamos hacer? ¿Acaso no fueron los fallos de nuestro mundo parte de una progresión natural?

MagnoliaRex camina a una mesa y prueba la comida de planta creada a partir de las cámaras del volcán inactivo. Yo escudriño su cara y no puedo decidir si ella considera el sabor agradable o repulsivo.

PUNTUALIDAD

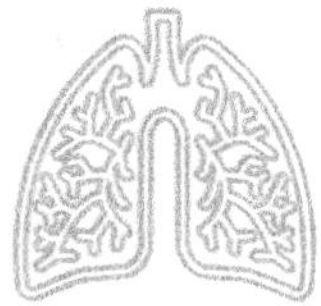

MAGNOLIAREX Y YO APARECEMOS en un mundo tan vacío como una página en blanco. Se materializan palabras y letras; nadamos en el aire, inmersos literalmente en las palabras del libro. Casi tan rápido como puedo teclearlas, flotamos por los enunciados. Nuestras vidas, argumento y esta historia se transcriben en tiempo real a este espacio físico.

"¡Vaya! ¡Cuidado con el apóstrofe!", grito.

"¿Qué apóstrofe? No lo…" MagnoliaRex ahúya mientras que sin gracia se quita del camino de la letra en inglés "don't" con su apóstrofe, y luego salta hacia atrás al aparecer el segundo.

"¡Cuidado con el punto y coma!", le digo, y río.

"Ya, Jeffrey, qué divertido. Si sobrevivo, puedo hacerme una con las palabras y la puntuación", dice Magnolia conforme se ase del punto y coma, sus pies estables en la base, y sus manos en la parte superior.

Yo doy vuelta en el aire y la sigo. Por un instante, en el fondo, muchas personas sonríen y se carcajean; es un collage visual de gente deleitada, grabada en película.

MagnoliaRex lleva viva una sonrisa al guiar el punto y coma en una aventura estilo tirolesa más allá de las palabras de este párrafo.

"Aquí doblamos todo tipo de tiempo y dirección. Nos interesamos, confrontamos, aburrimos, somos ambivalentes o indiferentes uno del otro", le digo a MagnoliaRex.

"Jeffrey, no te preocupes, no te estoy abandonando, no al menos en este libro", me responde guiñando un ojo.

"No sé a dónde debiéramos de ir ahora. Podríamos regresar a la realidad de nuestras giras de concierto. Podríamos quedarnos en esta fantasía utópica de 2095. Me encantaría resolver los problemas del mundo y ser tu héroe, pero a fin de cuentas soy egoísta y quiero tu atención, tu afecto", le expreso a MagnoliaRex al volar.

"¡A la fila!", me declara ella, sonriendo.

"¡Sale!», grito. Tomo al '|' camino hacia ella, persiguiéndola en su punto y coma.

"¡Sigue soñando, Jeffrey! ¡Agárrate y no te rindas!", dice MagnoliaRex.

TORONTOLAND

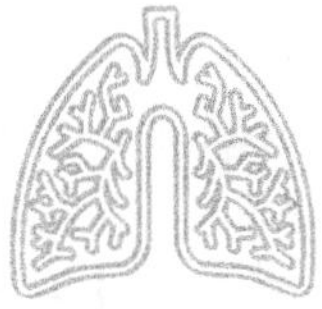

E L VIERNES 29 DE MAYO DE 2015, me encontraba en mi departamento en Cambridge, Massachusetts. Tokimonsta iba a tocar al día siguiente en un festival musical en Toronto, Canadá, y mi plan era estar ahí.

Ya al final de un largo día de teleconferencias, me desplacé en un clima cálido para tomar el autobús en el Aeropuerto Logan de Boston. Debería haber comprado nuevo equipaje, porque mi bolsa de mano tenía un asa algo rota. De no jalarla demasiado, se mantenía en su sitio y justo con la fuerza suficiente me seguía — cosa no perfecta, pero funcionaba—.

Vi mi teléfono y me enteré de que el autobús estaba retrasado. Podría perder mi vuelo, pero no iba a darme por vencido, no tan temprano en mi viaje. El autobús llegó y, mientras estábamos atascados en el tráfico, recibí una alerta de que mi vuelo a Canadá también se retrasaba. El día iba resultando mejor de lo que esperaba.

Llegué a Logan y pasé la seguridad. Esperé un par de horas en la Terminal Internacional y en breve el soberbio avión de turbopropulsión de Boston a Toronto se elevó en el cielo.

En vez de al gran aeropuerto internacional en los suburbios, el avión nos llevó al Aeropuerto Billy Bishop en Lago Ontario, lo que estaba más cerca del centro. Ya navegando hacia la terminal de llegadas, se hicieron visibles las luces del anfiteatro donde sería el concierto de Tokimonsta el día siguiente. Yo estaba listo, aunque nervioso. Bajé del avión y tomé uno de los transportes de ferry más cortos desde el aeropuerto hasta el centro.

Abordé un taxi hacia el hotel y, en el camino, vi la vida nocturna de la ciudad. Las personas comían en exteriores y los bares se veían activos. Ya estaba avanzada la primavera y en Toronto el clima cálido seguro que era una delicia después del gélido invierno. Recordé visitas a Toronto en mi juventud. Me habría gustado explorar los clubes y experimentar lo último en música *underground*. Ya ahora tenía más edad y estaba enfocado en una expedición compleja que no hubiera previsto años atrás.

El taxi me dejó en el hotel. Desempaqué y anduve por las calles, ya que tenía hambre y quería cenar. En Queen Street, me resultó atractivo un restaurante laosiano con decoración occidental. Comí; feliz y agradecido de que la expedición a Canadá hubiese resultado un éxito hasta entonces.

Tuve un sueño esa noche respecto a que tomaba un paseo en bote en un parque de diversiones. MagnoliaRex estaba sentada junto a mí, riéndose de mí.

"Oh, Jeffrey, te esfuerzas mucho con tu viaje. Toronto está a millas de Los Ángeles donde me conociste por primera vez. Espero que disfrutes este viaje tiempo atrás. Te advierto, este será un día difícil, así que intenta ser feliz y apreciarlo", fue lo que me dijo.

El bote comenzó a pegar en las paredes, a la vez que aceleraba; nos llevaba en una expedición por Toronto. Durante el viaje, vi la Torre CN, rascacielos y reflejos de nuevos edificios de departamentos.

Me levanté la siguiente mañana sin total habilidad para recordar los detalles del sueño. Recordé vagamente el paseo en bote. ¿Quién era esa mujer?

Usé mi teléfono para encontrar una clase de hot yoga a la que pudiera llegar caminado; esta habría de empezar en una hora. Abandoné el hotel y hallé mi camino al sureste desde el hotel a la sesión. El estudio estaba en el segundo piso de un antiguo edificio de ladrillo. Mientras esperaba a que comenzara la clase, chequé algunos mensajes en internet que avisaban del pronóstico de tormentas en el área de Toronto pero, afortunadamente, el clima resultaba perfecto.

El yoga caliente y sudoroso me revitalizó y ya estaba listo para la siguiente parte de mi viaje por Canadá. El clima aún era bueno — ni muy caliente ni muy frío—. Conforme caminé de regreso al hotel, vi una fila extendida afuera de un sitio con aspecto de tienda japonesa de tarta de queso. ¿Quién diría que tal tendencia gastronómica fuera lo de hoy en Toronto?

Toronto, sin duda, se veía multicultural y supuse que esto era porque el país había resultado más liberal en la apertura de sus fronteras, propiciando la inmigración. Este sábado se sintió como en la Ciudad de Nueva York pero menos atestada, sin turistas.

Varios días habían pasado sin cortarme el cabello, así que conseguí un corte barato. Después, fui a una pequeña tienda urbana de comestibles, donde compré una ensalada para llevar. Comí en mi cuarto del hotel y dormí una siesta antes de prepararme para el concierto de Tokimonsta.

Al despertar, miré hacia afuera desde la ventana del hotel, ¡y vi nubes y lluvia! ¡El clima había sido tan apacible tan solo hacía unas horas! Los rumores de la tormenta se habían hecho realidad y yo no llevaba sombrilla. El sitio web del salón de conciertos informaba que las sombrillas plegables pequeñas estaban permitidas.

Me preparé para el espectáculo, aplicando mi maquillaje blanco de mimo y mis cruces rojas en las mejillas, poniéndome también mi playera con temática de dejar de fumar. Antes de salir, llamé al mostrador del hotel y me enteré que tenían sombrilla para prestar.

Bajé en elevador al *lobby*, donde los empleados me mostraron sombrillas tradicionales, de tamaño completo. No podría pasar por el control de seguridad con una de esas, y probablemente tendría que tirarla, cosa que no sería aceptable para el hotel. El concierto de Tokimonsta iba a comenzar en poco más de una hora y no me quedaba mucho tiempo.

Salí del hotel y, en vez de la solución obvia de ir en auto, me decidí a usar el transporte público. Después de caminar un par de segundos, la lluvia arreció. Me guarecí en un paso de peatones cerca del edificio de la Suprema Corte de Justicia. Por un rato, estuve de pie, detenido, viendo la lluvia. Un indigente también estaba en el túnel. Investigué con mi teléfono sobre las opciones de transporte y descubrí que aún podía abordar un tren hacia el concierto de Tokimonsta. Salí valerosamente a la lluvia para encontrar la estación.

Seguí las instrucciones y caminé hasta un complejo de edificios cerca de la estación. Ahí había un letrero diciendo "PATH", o sea "CAMINO", ¡el 'camino' para la estación de tren! Entré a un paso subterráneo que conectaba los edificios. En esos túneles, mi teléfono no podía tener ubicación permanente, así que seguí los letreros de "CAMINO", asumiendo los indicios de dirección plausibles. Ya se acercaba el momento del espectáculo de Tokimonsta y en mí se suscitaba el pánico. Debería haber salido más temprano y anticipar cosas como esta.

Me desplacé por otro par de corredores y edificios y, entonces, vi un letrero de *Union Station*. ¡Junto a la entrada había una farmacia abierta con sombrillas en el escaparate! Encontré una sombrilla pequeña del tamaño de una baraja de cartas. Era la sombrilla más pequeña que se pudiera imaginar, ¡así que la seguridad del concierto no me haría preguntas! La compré rápidamente.

Salí de la farmacia y pasé por un torniquete a la estación. Era difícil decidir respecto a qué tren me convenía; al ver las horas de salida en la pantalla, no vi aquella que indicaban las instrucciones de mi teléfono. Ninguno de los trenes programados llegaría a tiempo para el comienzo del bloque de Tokimonsta. Apresuré mi paso y salí de la estación. Decidí usar un servicio de transporte compartido. ¡No quería perderme a Tokimonsta!

Solicité un auto y esperé varios minutos para que llegara el conductor. Ya en el vehículo, vi lo congestionado del tráfico. La siguiente calle estaba bloqueada y el conductor, Steve, dio la vuelta en U. Me dijo que una carrera de bicicletas había cerrado el camino. Me senté pacientemente en el auto conforme tomamos una ruta aproximando a la ciudad y alejándonos de Lago Ontario. Esperamos al cambio de luces, y avanzamos de poco en poco; esto se repitió varias veces en tanto que yo disponía mi pensamiento lógica y realistamente. Finalmente, nos acercamos al foro, deteniéndonos cerca de Inukshuk Park de Toronto. Agradecí a Steve al bajar del auto. Había sido solo un viaje de 22 minutos, pero por habernos quedado repetidamente atascados sin movernos, rodeados de vehículos, me había resultado tenso y había parecido tomar mucho tiempo.

Tras una breve caminata, encontré la entrada al foro. Afortunadamente, había pocas personas delante de mí en la fila. Pasé rápidamente por seguridad. Había un gran escenario a la distancia y me apresuré hacia allá. La palabra "Tokimonsta" tenía un efecto digital de centelleo, siendo este la señal del inicio de muchas de sus presentaciones musicales. A pesar de la música, mi estrategia fallida de aferrarme al transporte público, mi búsqueda de una sombrilla y la carrera de bicis, ahí estaba yo a tiempo.

A diferencia de mi usual estrategia de ir al frente, escogí mi sitio en el centro de un gran círculo de arena, a manera de playa artificial. Al comenzar a bailar, la tensión de la odisea por el lluvioso centro y el embotellamiento, se encausó en movimiento creativo.

Yo era ya el mimo, una obra de arte improvisada de actuación humana. Comenzó a llover más fuerte, y abrí mi mini sombrilla, comprada antes. La sombrilla era del tamaño perfecto para bailar. Estaba muy complacido de haberla encontrado. De no haberme lanzado al agreste clima en un principio, no habría concluido en la estación para así encontrar la sombrilla, de forma que la sucesión de eventos me benefició. Bailé con abandono, visualizando que, a la distancia, ella podría verme en este oasis de arena. Mi teléfono podría quedar estropeado con el aguacero, pero ya era demasiado tarde. Me acerqué al escenario conforme arreciaba la lluvia, como si el torrente hubiera sido orquestado para ir a la par de mis pasos hacia adelante. Tokimonsta tenía una toalla blanca cubriéndole. El personal del escenario comenzó a bajar sus instrumentos, protegiéndole así de la lluvia. Después de una hora de celebración musical con los chubascos de mayo, ella agradeció al público y terminó su presentación.

Tomé algunas fotos del área de concierto para conservar cierta memoria del día. Había dos gigantescas sillas playeras de madera. Me trepé a una, parándome sobre su 'asiento' mientras que usaba una mano para detenerme. Le pedí amablemente a una mujer que me tomara una foto. Ella dio clic y fue una toma fenomenal. Atrás de mí, se observaba el paisaje urbano de Toronto.

Abandoné el foro del concierto para regresar al hotel. El clima de nuevo se había compuesto y, a pesar de estar empapado por el aguacero anterior, yo rebosaba de energía, no estaba ni tan húmedo ni tan frío. Gracias a las indicaciones de mi teléfono, crucé un puente, acercándome a la matriz principal de calles de la ciudad. Había muchos edificios de departamentos nuevos y yo tuve curiosidad sobre mucha gente esperando cambiarse a estos sitios, y sobre cómo sería la experiencia de vida en invierno.

Me abrí camino a Queen Street, que era el mismo camino donde había cenado la noche anterior. Sabía que si continuaba hacia el este, encontraría mi hotel. Fue una caminata disfrutable. Observé la vida nocturna de sábado en Toronto durante la primavera. Seguro yo me veía algo sacudido y desabrido por mis trances en la lluvia. El maquillaje se había desdibujado un poco, y algo de este había caído a mi camisa; pero aun así, esta caminata urbana casual me llenó de vigor.

En el hotel, me limpié el maquillaje de la cara y tomé un baño caliente para aliviar el caos del día. Las horas caminando bajo la lluvia, andar por calles y edificios, habían resultado muy demandantes. Chequé mi teléfono para decidir qué hacer durante el resto de la noche. Iba a comenzar una representación teatral con el tema de "Los Simpson". Tokimonsta, una gran fanática de Los Simpson, seguro que habría estado interesada en asistir a la obra. Aunque ella no estuviera ahí conmigo, en teoría me parecía que a ella le agradaría, así que compré un boleto en línea.

Salí del hotel y seguí las instrucciones de mi teléfono para el autobús. Después de una ligera corrección de trayecto de sur a norte, aceleré hacia la parada y me di cuenta de que no llevaba conmigo mi nueva sombrilla. Afortunadamente, no estaba lloviendo. Mi carrera a pie fue exitosa porque llegué a tiempo de tomar lo que fueron finalmente varios trolebuses a la obra.

En el distrito de Toronto Antiguo llegué a una antigua sala de cine que se había rebautizado momentáneamente como el *Aztec Theathre*, en referencia al cine que se muestra en el programa de *Los Simpson*. La obra esa noche era *El Sr. Burns, una Representación Post-Eléctrica*, escrita por Anne Washburn y producida por la Compañía Teatral *Outside the March*. Me tomé una *selfie* frente a la marquesina con temática de los Simpson, mostré mi boleto de *smartphone*, y luego entré al lobby de la pequeña sala.

El personal estaba vestido como personajes Jawa de *Star Wars*, pero me di cuenta de que estos eran, más apropiadamente, de *Los Simpson*. El lobby estaba lleno de cuadros, una pared de "personas perdidas", la cual agregaba misterio para la obra próxima. En el baño había un afiche con la burda silueta de Bart Simpson que decía: "¿Me has visto?" El Aztec Theathre parecía algo así como la versión mediana de lo que se conoce como *black box*. Las decoraciones específicas del espacio y la representación completaban el ambiente *underground* y *avant-garde*. Se anunció que los tres actos estarían separados por intermedios de 15 minutos y que el público debía permanecer sentado toda la duración del espectáculo.

El primer acto de *El Sr. Burns, una Representación Post-Eléctrica* se daba en un mundo muy parecido al actual, justo después de una cadena de accidentes nucleares. Se nos presentaba a un grupo de sobrevivientes, algunos de los cuales se conocían por primera vez. Conversaban acerca de lo que sabían de accidentes atómicos, dónde habían estado, quién había sobrevivido, y de la búsqueda de comida sin contaminar. Las conversaciones finalmente pasaron al tema lo que la gente recordaba de la televisión, incluyendo la trama y citas de Los Simpson. Al terminar el primer acto, el reparto hizo su mejor esfuerzo para recordar y revivir uno de sus episodios favoritos.

El segundo acto ocurría quince años después de los accidentes nucleares. El grupo de sobrevivientes se había convertido en una compañía teatral que se especializaba en recreaciones de poca tecnología de episodios de *Los Simpson*. Para sus representaciones de Los Simpson, parecía que Rube Goldberg había diseñado los escenarios y la decoración. Se nos hizo saber que otra agrupación local diferente a ellos accedió a "poseer" episodios individuales de forma que cada compañía tuviese el monopolio sobre su repertorio específico.

El tercer acto se daba setenta años después del desastre, y contemplábamos la ceremonia para una nueva religión. Las producciones teatrales de las memorias de episodios de *Los Simpson* ahora se habían vuelto los cimientos de esta última forma de culto.

La representación me hacía imaginar cómo las historias de creación y textos fundamentales de las religiones actuales podrían haberse derivado de la ficción popular. *Los Simp-*

son ya tenía casi treinta años de presencia, todo durante mi propia vida. Me sorprendía el pensar que, después de mucho tiempo, este programa de TV, sus historias y personajes, se hubieran asentado tan profundamente en nuestra cultura. Recuerdo el frenesí por Bart Simpson a principios de los 90 y la cobertura de los medios respecto a la indignación por la irreverencia y sinsentido de Los Simpson.

Al terminar el tercer acto de *El Sr. Burns, una Representación Post-Eléctrica*, dejé la sala. Llovía. Me pregunté qué hacer, si esperar un trolebús, pero finalmente me decidí por un auto. Tomé un servicio de transporte compartido a un sitio conocido como el Carbon Bar, que era un club nocturno industrial reformado como restaurante estilizado y aspiracional. Al entrar, vi a un DJ tocando. Nadie bailaba, pero el volumen estaba muy fuerte. Lo que pedí para cenar llegó rápido. Comí y caminé en la lluvia para llegar al hotel.

A la siguiente mañana, me desperté justo a tiempo para tomar un trolebús y autobús al aeropuerto Billy Bishop de Toronto. Hice el viaje de ferry de dos minutos por Lake Ontario para llegar a la terminal. Al sentarme, tomé café, comí y pensé acerca de este viaje para ver a Tokimonsta. A diferencia de otras aventuras para verla, no había registrado ningún indicio o indicación sobre a dónde ir a continuación ni respecto a qué parte del todo representaba aquello. El viaje se trataba de sobrevivir, llegar a tiempo y hacer mi mejor esfuerzo para no mojarme. No estaba seguro si vería a Tokimonsta de nuevo. No obstante, las aventuras inesperadas de este viaje habían valido la pena y *El Sr. Burns, una Representación Post-Eléctrica* de Anne Washburn, representada por la Compañía Teatral *Outside the March,* me habían brindado material de reflexión para días.

Donde Sea

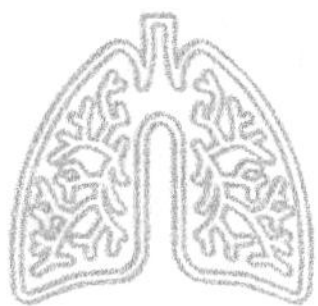

Despierto y Magnoliarex está sentada junto a mí; estamos a solas en un oscuro cuarto de hotel. Afuera hay caracteres cirílicos. Debemos de estar en Rusia, pero no recuerdo haber estado en Rusia con MagnoliaRex. La veo; ella es exquisita pero parece preocupada.

"¿Qué ocurre?", le pregunto.

MagnoliaRex se recuesta, obviamente inquieta. Quiero abrazarla y hacerla sentir mejor. Me siento pacientemente y espero a que ella hable. Ella no dice nada.

"¿Por qué no creas algo de música? Piensa en todas esas personas que podrían disfrutarla", le digo.

"Sí, ya veo; bueno, ¿qué tipo de canción?", me dice.

"Tu jamás me preguntarías eso. Algo anda mal", le replico.

Sus ojos estallan con luces coloridas — feroces ráfagas de azul y verde—; todo se hace más brumoso entre más cerca las contemplo.

"Podríamos organizar un concierto para ti esta noche; estoy seguro de que a alguien le encantaría escucharte tocar".

"No, no hay tiempo suficiente para eso", me dice.

"Bien", le digo, "¿Qué podemos hacer? ¿Salir a caminar?".

"No, llega el fin y nada podemos hacer", responde Magnolia.

"Sí, podemos. No tenemos que permanecer aquí; podemos regresar a la casa, ir a las caricaturas, regresar a 2013, o después".

"Eso es solo evadirlo", me contesta.

Selecciones Nocturnas

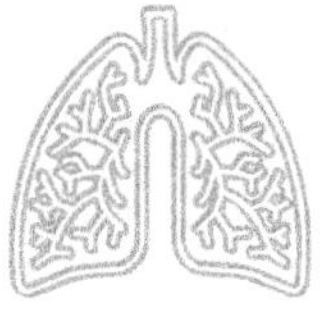

E L SONIDO DE LA ALARMA de mi teléfono me torna consciente. Estimo que queda al menos otra media hora. Me arriesgo por algo más de sueño sin reestablecer la alarma. La pantalla del teléfono indica que son las 6:30 A.M. Enfrento el inevitable comienzo del día y tomo una ducha.

Me pongo a trabajar a las 8 A.M. y el tiempo pasa rápido; mi mañana es productiva. Las diez A.M. es la hora de mi caminata diaria alrededor del parque de oficinas para movilizar mi cuerpo y aclarar mi cabeza. Espero hacerme de nuevos pensamientos o perspectivas al observar las montañas en el horizonte. Escucho música con audífonos; suena una canción que yo jamás había escuchado. La pieza comienza con hipnotizantes cornetas, una melodía relajada; luego se oye una voz sintetizada como si la canción llamase mi nombre. El clima es hermoso, como a la mitad de la primavera; estoy en paz con el mundo, repleto de energía, y la vida está llena de posibilidades.

El resto del día avanza sin gran controversia. Alrededor de las 5:30 P.M., la laptop ya está apagada; regreso a casa y duermo la siesta.

Son las 10 P.M. y no concilio el sueño, así que tomo el Metro desde Hollywood a unas cuantas millas de distancia, acercándome a la ciudad. Mi parada es en Wilshire y Vermont, desde donde camino al poniente desde Wilshire.

Las cosas parecen raras ahora; ya que este es un sitio entre los tiempos, es como estar en el ropero pero sin ver leones o brujas, al menos no hoy. Una fila de personas vestidas espera para entrar a un club nocturno. Muchos de ellos visten de negro y traen maquillaje, tal vez esperando a un concierto gótico. Intento recordar qué día de la semana es, más no puedo.

Cruzando la calle, veo una figura; debe de ser Magnolia-Rex. Da la vuelta en una calle lateral. Yo avanzo en el camino e intento seguirla, pero no veo a nadie. Siento un tirón en mi hombro; es ella.

"¡Hola, Jeffrey! Estamos aquí en el Barrio Coreano, en torno a 2009".

Me lleva a un café; el sitio está bastante ocupado con personas comiendo, bebiendo y estudiando. Ella pide un batido. En vez de elaborarlo de frutas, vegetales o té, los chefs desenvuelven selecciones de quesos finos; algunos aparentan ser suizo, azul y mozzarella. Es algo irreal y, de no ser por MagnoliaRex, probablemente estaría preocupado. Los pedazos de queso se vierten en una licuadora que empieza a girar escandalosamente. Todos en el café ven y al mismo tiempo señalan esta curiosa combinación gástrica, riéndose de nosotros. MagnoliaRex toma mi mano y nos lleva de nuevo a la calle.

Caminamos juntos. Ya debe de ser media noche, más o menos. Tal vez mañana yo tenga trabajo, pero no me importa. Todos mis pensamientos y atención están centrados en MagnoliaRex. Me platica sobre el nuevo disco en que trabaja, que compone durante estas horas, donde la mayoría de la ciudad duerme. El aire es frío y ella dice que es el momento de la música. Caminamos rápidamente a su departamento; la cocina resulta extrañamente reconocible.

Se sienta frente a su equipo y me pide que guarde silencio, que no diga nada hasta la mañana. Cosa fácil, pienso yo. Comienza con una nueva canción, buscando en una biblioteca virtual de sonidos, colocándoles en la composición. Ocasionalmente, ella se acerca a alguno de sus instrumentos: un violín, una guitarra, un clarinete, un antiguo sintetizador Rhodes del 73, y toca unas cuantas notas mientras que la computadora las codifica. Yo apenas distingo un murmullo de la música pero a ella la escucho respirar pesado. Deseo hablar, pero ella está concentrada y yo le había prometido estar callado. Por un rato, MagnoliaRex parece molesta; algo parece estar mal. Tal vez ella piensa en el trabajo, la familia, una relación o algo incluso más serio.

MagnoliaRex se relaja, va a la cocina y toma un par de rebanadas de pan para hacer tostadas y té. Se alegra conforme va terminando la canción. El sol sale a la vez que ella ajusta la última sección de un estribillo. MagnoliaRex se quita los audífonos, me da un abrazo e indica que me tengo que retirar.

Le doy las gracias profusamente y me voy. Al caminar hacia la calle, mi teléfono indica que son las 6:30 A.M. De nuevo estoy solo, pero con nuevos recuerdos de la velada que apreciaré por siempre.

El Artista

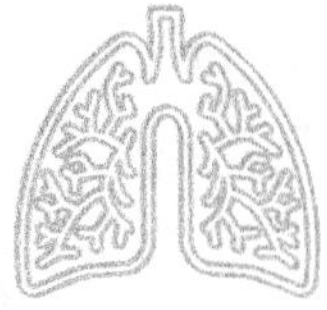

Estoy en un tren, un subterráneo que se ve familiar. MagnoliaRex está sentada junto a mí.

"¡Buenos días! ¡Que ya vamos a North Hollywood!" me dice ella al abrazarme.

"¿Qué hora es?", le pregunto. No puedo imaginar por qué vamos a North Hollywood pero me emociona estar en un espacio familiar, el Metro de Los Ángeles, y viéndolo desde una nueva perspectiva con MagnoliaRex.

"7:20 a.m. Vamos a una audición; tú saldrás en una representación de A Thousand Clowns (Cien Payasos) de Herb Gardner", me dice.

"¡Es de mis obras favoritas!", le digo deleitado.

"Ven, ya casi bajamos", me dice ella; a continuación se incorpora y me jala hacia la puerta.

Nos bajamos del tren y tomamos las escaleras de ascenso. La estación está vacía y subimos por la salida de media concha, que me parece que se hizo ex profeso a imagen del kiosco musical del Hollywood Bowl. Las calles no tienen gente ni coches. MagnoliaRex toma mi mano conforme caminamos por Lankershim y entonces viramos a la izquierda.

Pasamos la Academia de Artes y Ciencias de la Televisión, estudios de actuación, restaurantes y tiendas, ya acercándonos al destino que ella tenía planeado.

El edificio tiene un letrero que dice "Subterráneo" con la misma tipografía que el sistema de subterráneo de Londres. MagnoliaRex toca la entrada con su mano y hay ecos al abrirse la puerta. Entramos y las luces se encienden. Ella me da un papel.

"Estas son tus líneas. Nos toca en breve, así que estúdialas rápido", me dice MagnoliaRex.

Asciendo al pequeño escenario y comienzo a hablar. Las palabras salen de mí como si me hubiera preparado por meses. Me siento bien integrado al papel pero lo asumo como una audición, así que no me excedo. Al continuar con el guion, me torno más apasionado. Las luces en la sala comienzan a moverse y rotar, más y más rápido. El escenario comienza a dar vueltas y ya no estamos en el teatro sino en otro tren subterráneo.

Se oye un anuncio indicando que estamos en el tren de la Línea 1, Broadway–Seventh Avenue Local. Pasamos la estación de Times Square y salimos en la quincuagésima. MagnoliaRex y yo caminamos briosamente por las calles de Hell's Kitchen para ver un crucero partir en la terminal de Manhattan, igual que hicieron Jason Robards y Barbara Harris en la versión cinematográfica de 1965 de A Thousand Clowns, que dirigió David Coe.

"¡Bon voyage, Charlie! ¡Pásala de maravilla!" exclamamos MagnoliaRex y yo mientras que un barco parte del muelle. El día termina con nosotros explorando Nueva York y viendo fuegos artificiales sobre el Río Este.

Magnolia me abraza en proximidad, me da un beso y suspira: "Feliz Cumpleaños".

POLÍTICA

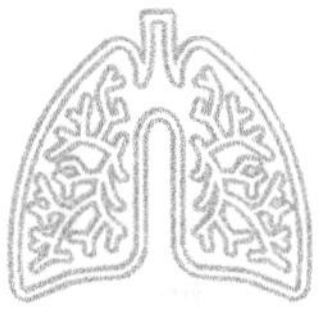

MAGNOLIAREX Y YO ESTAMOS REUNIDOS en una sala con luces brillantes. Es el estudio de sonido de un concurso televisivo. Hay una enorme pantalla de video con palabras. MagnoliaRex está detrás de uno de los podios de participantes, y yo frente a ella.

"Para nuestra siguiente cita, debes de decidir. ¿Será: arte, política, viaje, música, industria o naturaleza?", le inquiero.

Ella ve las categorías a elegir y medita.

"Pues no sé, hmm...", dice Magnolia.

"¡Política será, entonces!", declaro.

"¡Espera!—no me diste tiempo para...—", dice MagnoliaRex.

Le digo que debemos cambiarnos a ropa más apropiada.

"¿Cómo?" pregunta ella, pues ahora yo tengo un traje formal.

"El Congreso tiene una audiencia este día, y tú vas a exponer", le digo.

"¿Qué?"

"¡Sí, tú, en la tribuna del Congreso!", sentencio.

El estudio del concurso se disuelve conforme nos materializamos en los escalones del Capitolio de EE.UU. Asciendo y ella me sigue. Al pasar por varias puertas, Magnolia lleva un atuendo convencional pero llamativo, adecuado para su presentación en el Congreso de EE.UU.

"Sígueme", le digo, mientras le conduzco a un auditorio en uno de los edificios.

Nos sentamos en la fila frontal de una sala de reuniones que está llena. Vemos cámaras de video, luces brillantes, y periodistas. Sentimos la intensidad de la sala y la anticipación al comienzo de la sesión. Las puertas atrás en la sala se abren y un grupo de personas del Congreso que se ven importantes se sientan detrás de un escritorio grande y elevado.

"Comenzamos la reunión del Comité Conjunto en la Biblioteca", anuncia una mujer. "Desde la creación de este comité en 1802, hemos estado resueltos a mantener instituciones tales como la Biblioteca del Congreso como recursos para todos los Americanos con propósitos educativos y de archivo. Este año, nuestro análisis concluyó que ya no podemos dar seguimiento al vasto archivo musical que ha proliferado. En virtud de esto, se requiere considerar un plan para reclasificar toda la música. Comprendemos que hay escépticos frente a cualquier plan de cambio, y este proceso deberá de ser sensato. Los ciudadanos desean promover sus propios géneros apreciados, tales como hip-hop, rock, jazz, trap, dubstep, house, R&B, techno, breakbeat, drum & bass y moombahton. Reconocemos la existencia de los moderados que prefieren terminologías más generales tales como electrónica, EDM o pop. Ahora contamos con un panel de expertos que darán sus opiniones y sugerencias para una clasificación revisada de la música. Como primera ponente en la agenda está la artista musical profesional conocida como MagnoliaRex", dice la integrante del comité.

Magnolia me ve con ansiedad, pánico y concentración. Sigue al guardia del Congreso, pronuncia un juramento y se sienta en un escritorio al frente de la sala.

La congresista presenta someramente a MagnoliaRex, mencionando sus numerosos y prestigiados discos y giras mundiales. Ella entonces solicita la orientación de Magnolia respecto a cómo se habrá de reclasificar la música para la Biblioteca del Congreso.

"Ah, qué tal", dice Magnolia Rex, y hay un segundo de sonido viciado y la gente cubre sus oídos. "He trabajado en música ya por bastante tiempo, y entre más maduro, menos me importa cómo se la nombra. Empero, la clasificación sigue siendo importante porque le da contexto a la época y lugar del estado contemporáneo de la música. La música y el arte evolucionan, así que, sin importar la forma de catalogación que empleen, deberá de ser adaptable. Posiblemente habrán de dejar escoger a la gente como parte de un proceso democrático regular; incluso esto podría animar al registro y participación electoral, sobre todo entre elecciones principales".

La multitud queda silente por un momento y, seguidamente, responde con animoso vitoreo y aplausos. El comité vota con unánime acuerdo que la sugerencia de MagnoliaRex para clasificar la música en base a una elección democrática se incluirá en un proyecto de aprobación acelerada mediante voto en la Casa de Representantes y Senado de EE.UU. en tres semanas. El gentío en la sala se dispersa en poco tiempo.

Durante las siguientes semanas, MagnoliaRex y yo vagamos por los pasillos del Congreso buscando votos para el proyecto propuesto. Esta tarea parece inocua en un principio, pero luego comenzamos a oír acerca de la hostilidad por el esfuerzo de la clasificación de música; una asociación de músicos clásicos ha colaborado con el sindicato de bibliotecarios para oponerse al proyecto.

MagnoliaRex se inunda de entusiasmo al visitar las oficinas del Congreso con el fin de ganarse el apoyo para el proyecto de reclasificación de la música. Con todo, en casi cada cita, nos encontramos con ya sea un bibliotecario o un músico clásico que está interesado en no dejar que ocurra el cambio.

Justo la noche anterior al voto decisivo, el Proyecto de MagnoliaRex obtiene la aprobación final de cierto congresista en Hawái. Habiendo contado con cada vez menos asistencia de los electores en los últimos años, MagnoliaRex le indica que esto podía energizar y motivar políticamente a los residentes de Hawái.

El proyecto se aprueba con Representantes y el Senado por pocos votos, y MagnoliaRex está contentísima. Le recuerdo que aún el Presidente podría vetar el proyecto. Entonces ella se ve preocupada, ya que había olvidado por completo la parte ejecutiva. Esto a mí me parece gracioso, pues apenas hace unos cuantos días MagnoliaRex estaba indecisa respecto a la elección de nuestra cita, y ahora se ocupa asiduamente de esta iniciativa política.

A la siguiente semana, MagnoliaRex y yo visitamos la Casa Blanca para reunirnos con el Presidente. En 2095, el Presidente sufre de una enfermedad rara y se puede comunicar y mover únicamente usando implantes cerebrales y asistencia robótica.

Al Presidente le impresiona bastante el progreso de MagnoliaRex en el avance de la legislación por el Congreso y considera el proyecto como el acercamiento perfecto para propiciar una mayor participación en el sistema democrático.

"MagnoliaRex, nuestros ciudadanos están muy ocupados siguiendo reglas y viéndoselas con las fluctuaciones económicas, así que no hay suficiente interés en la votación. Las personas no encuentran relación entre sus vidas y las elecciones. No se preocupe. Yo sería la última persona que detuviese su proyecto", dice el Presidente a MagnoliaRex al concluir nuestra vista.

Unos cuantos días después, el Presidente firma la Ley de Reclasificación de Música. La aprobación del proyecto destaca en las noticias y la reacción es por demás positiva, exceptuando a los bibliotecarios y músicos clásicos. MagnoliaRex lo celebra con un gran evento de concierto en D.C., ahora que su sugerencia de combinar la música con la democracia ya es ley.

Poco después, la ley es debatida por la prensa internacional. Surgen reportes respecto a que en los círculos intelectuales globales, muchos están perturbados porque los estadounidenses determinarán algo tan significativo como la clasificación de la música. Estos dicen que este cambio tendrá impacto mundial y que no debiera de estar a la discreción de una sola nación estado.

La Ley de Reclasificación Musical de EEUU de 2095 se delibera como parte de una agenda del encuentro semanal de la Organización de las Naciones Unidas para la Educación, la Ciencia y la Cultura (UNESCO) en París, Francia. Una mayoría de miembros de la organización, incluyendo Canadá, concluyen que en tanto forma universal de arte, la música no debiera de ser decidida únicamente por el voto de los Estados Unidos. Algunos países proponen un embargo cultural y económico a los Estados Unidos. Mientras tanto, los bibliotecarios y músicos clásicos en Estados Unidos solicitan una revisión de la Suprema Corte, aduciendo que la reclasificación es una violación de la Constitución. Así de pronto, el proyecto auspiciado por MagnoliaRex es objeto de un colosal debate dentro y fuera del país.

En Washington, D.C., bastante de noche, MagnoliaRex regresa de una presentación.

"Algo se sentía extraño; muy raro, como si se hubieran vuelto contra nosotros, que hubieran pensado que yo tenía una gran solución, y ahora se rebelan", dice MagnoliaRex.

"Hmm, o es solo politiquería", le contesto.

"Tú escogiste la política para la cita, ¿verdad? ¡Esto ni siquiera es una cita! Hemos estado en esto por varias semanas ya", me dice.

"Piensa en grande, Magnolia. ¡Adelante!", exclamo.

"¿Adelante? ¿Hacia dónde? Ya convencimos a Hawai —¿ahora iré a Alaska? O ¿qué te parece Rusia?" Voltea y ve un globo terráqueo. "Ya, ya sé; ¡vamos a Francia!"

Tomamos un vuelo a París, a las oficinas centrales de la UNESCO en Place de Fontenoy. MagnoliaRex obtiene una audiencia y presenta sus argumentos para la democratización de la clasificación de la música. Ella da un osado discurso donde compara su reclasificación de la música con la Revolución Francesa y declara cómo empoderará a la gente. El equipo de expertos globales escucha con gran atención y parece conmovido por su retórica. Los expertos prevén que su propuesta podría abarcar a más que los Estados Unidos, si se trata diplomáticamente. A pesar de su empatía, el liderazgo concluye que dado que ya se ha sometido a voto la resolución para denunciar las acciones de los Estados Unidos en la Asamblea General de la ONU, el asunto está fuera de su jurisdicción.

Magnolia y yo vamos al Aeropuerto Charles de Gaulle y encontramos un Concorde reacondicionado, con combustible, listo para llevarnos a Nueva York. El avión supersónico nos eleva por el Atlántico, rumbo a Nueva York. Durante el corto viaje de tres horas, cotejamos la estrategia que ella seguirá.

Ya en Nueva York, MagnoliaRex compila un listado de los países que se oponen a la clasificación democrática de la música. Investiga sobre su ambiente musical y encuentra ejemplos de músicos emergentes y en ciernes que apoyan la reclasificación de la música por voto. Recorremos Nueva York, visitando consulados, presentando el argumento respecto a que la reclasificación beneficiaría a los artistas en sus países.

Al día siguiente, en un giro inesperado de los acontecimientos, la ONU declara que comenzará un programa para que la UNESCO catalogue la música en base a elecciones internacionales y estándares históricos mantenidos por bibliotecarios y profesores. Esa noche hay una gran celebración en Times Square con presentaciones musicales proyectadas provenientes de todo el mundo. MagnoliaRex se presenta para el público junto con sus contrapartes internacionales. Ella se ve alegre y emocionada. Magnolia me da un abrazote y me dice: "¡Ahí tienes tu política!"

La veo y río.

Agra

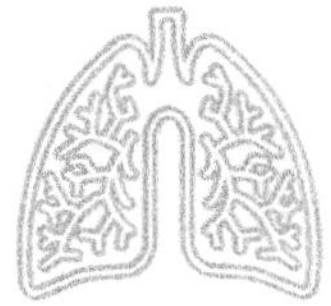

M E DESPIERTO SOLO Y REFLEXIONO acerca de pasar el tiempo con MagnoliaRex en su búsqueda por alcanzar conciencia política colectiva. Medito acerca de nuestras aventuras en Washington, Paris y Nueva York. Aquí hace calor, pero el clima es relativamente seco. A la distancia hay un gran edificio, que reconozco que es el Taj Mahal. Debemos de estar en Agra, India.

Me acerco al Taj Mahal. Nada parece fuera de lugar. La historia del origen del edificio es conmovedora, algo en lo que he pensado muchas veces. A pesar de mi interés, jamás lo había visto personalmente — esto es, jamás hasta ahora, ya que me encuentro increíblemente solo para contemplar su intrincada belleza, significado y misterio—.

Se ve como notable ejemplo de lo que la humanidad puede lograr, cosa que es especialmente importante considerando que se construyó sin diseño asistido por computadora. ¿Las personas que lo construyeron eran realmente felices? ¿Es esa la ironía escondida en su belleza? Me gustaría que MagnoliaRex estuviera aquí, pero supongo que hay un propósito por el cual yo estoy solo aquí.

Doy la vuelta, aún perplejo. Es un día hermoso en el Taj Mahal. Inspecciono todas las esquinas del edificio y lo encuentro impresionante pero vacío. Decido retirarme e intentar otro enfoque. Me alejo del edificio hasta que está completamente fuera de mi vista.

En mi caminata, veo otro edificio en ese espacio. Mirando más de cerca, se hace evidente que también es el Taj Mahal. Examino concienzudamente este Taj Mahal; no parece para nada diferente al primero. Parto en otra dirección y ando por varias trayectorias. Otra estructura emerge—otra vez es el Taj Mahal.

"¡Es realmente hermoso de cerca!", dice MagnoliaRex al salir del edificio

Uber-Aerolíneas California

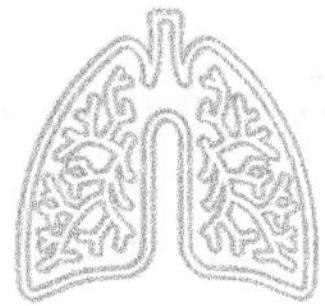

EL MARTES 3 DE NOVIEMBRE DE 2015, un viaje me llevó a Carolina del Norte, donde dirigí una capacitación sobre salud en un complejo de oficinas en las afueras de San José. Después de la capacitación, mi colega nos llevó a San Francisco. Al registrarme en el hotel, noté que estábamos cruzando la calle del Teatro Mezzanine de Jessie Street. Seis días después, Tokimonsta iba a comenzar su gira de otoño de 2015 ahí. Desafortunadamente, yo estaba ahí una semana antes. Iría a Nueva Orleans en unos cuantos días y me perdería a Tokimonsta en San Francisco.

El lunes siguiente, cuando Tokimonsta se presentó en San Francisco según el plan, ella tuvo aforo completo. Encontré imágenes de ello en internet. El día después de su concierto de San Francisco, viajó al norte, a Chico, California, donde habló con estudiantes de *Cal State* Chico acerca de sus experiencias como artista y el negocio de la música. Algunos de los estudiantes publicaron imágenes de ella durante la plática. Yo vi la transmisión en Internet desde mi hotel en Nueva Orleans, deseando estar ahí. El día siguiente a su conferencia en *Cal State*, Tokimonsta volvió al sur del estado para presentarse en Santa Cruz el miércoles y Santa Bárbara el jueves.

El jueves, aún en Nueva Orleans, decidí ver a Tokimonsta en San Diego al siguiente día. Había boletos e hice las reservaciones con prisa. Esto era demasiado pronto, pero se sumó a la emoción de que vería a Tokimonsta en menos de veinticuatro horas, con poca planeación.

La noche del jueves, regresé a mi casa de Los Ángeles luego de mi trabajo en Nueva Orleans. El viernes por la mañana, me levanté temprano y trabajé desde casa. Esa tarde, tomé un servicio de transporte compartido a LAX para un viaje de corta duración a San Diego.

Dese el aeropuerto de San Diego, tomé un servicio de transporte compartido al hotel. Una vez en mi habitación, el cansancio de la semana me cayó, así que dormí mi siesta. Me levanté una hora después, refrescado y listo para el concierto. Me puse mi maquillaje blanco de mimo con las cruces rojas en las mejillas y mi playera invitando a dejar de fumar. Solicité un auto, bajé en el elevador y esperé a que llegara el vehículo. Pocos minutos después, el conductor se apareció y ya íbamos al sitio del concierto, el Teatro de Observatorio North Park, a solo unas millas al sur del hotel.

Me dejaron frente a un edificio que tenía una marquesina con el nombre de Tokimonsta. Bajo la marquesina, parecía haber un restaurante con mesas, pero no vi la taquilla. Pregunté a una persona dónde sería el concierto, y me indicaron que diera vuelta a la esquina.

Había allí una cafetería, de modo que me detuve para tomar un expreso. La fila de seguridad del concierto solo estaba a unos pasos de distancia. Ya que pocas personas llegaron así de temprano como yo, tomé mi lugar rápidamente. Dentro, había una sala clásica con balcón. Chequé mi *smartphone* y leí en línea que el palacio había abierto originalmente en 1929 como el Teatro de West Coast North Park. Un DJ en el escenario tocaba música electrónica suave y lenta. El espacio del piso de baile estaba despejado, justo listo para una nueva aventura de baile.

Comencé con el necesario y gradual estiramiento. Me di cuenta de que probablemente me veía como estando en medio de una clase de yoga, pero los estiramientos eran la clave para evitar las lesiones y prevenir lo que podrían resultar en semanas de recuperación. La música era más lenta y tenía un compás irregular. Yo no solo podía ir en piloto automático. Tenía que pensar y formular mis movimientos.

El área del piso alguna vez seguro había estado cubierta por asientos, y estaba en una pendiente pronunciada. Rejillas, que parecían lunares, tapizaban la superficie. Yo accedí a otro sitio web y aprendí que estas rejillas pequeñas ayudaban a la circulación de aire fresco en momentos de lleno total y consecuente clima caliente. Las rejillas me recordaron el libro de Salvatore Basile: *Cool: How Air Conditioning Changed Everything.* (*Fresco: Cómo el Aire Acondicionado lo Cambió Todo*). Las salas de espectáculos resultaron fundamentales en el desarrollo y la popularización del aire acondicionado. Se usaron múltiples métodos para mantener a las personas frescas durante los meses de calor, justo el propósito para el que estas rejillas se habían creado. No obstante, en esta fría noche de noviembre en San Diego, no había necesidad de enfriamiento.

El acto de apertura de la noche incrementó la velocidad y volumen de la música. Alteré mis movimientos hacia un compás más acelerado, usando las ventilaciones de distancia igual como marcadores para guiar a mis pies. Por más de una hora, en mi personalidad de mimo, bailé y moví mis pies de rejilla en rejilla a lo ancho de ese distintivo piso de la sala. Conforme el ritmo de los músicos se hacía más forzado y entrecortado, mi cuerpo se ajustó a los retos nuevos. Estaba atrapado en una versión vida real del videojuego *Dance Dance Revolution*. Este experimento de saltos me dio una noche curiosa. Revivía la grandiosidad de esta vieja sala con un toque interpretativo moderno.

Conforme siguió la noche, el público aumentó y Tokimonsta finalmente se apersonó. Decidí verla a la distancia y estuve de pie en el punto más alejado de la sala. Desde atrás en el auditorio, gocé de una vista directa de Tokimonsta, mientras que el público estaba en el piso inferior. La nueva mezcla de canciones que ella interpretó me impresionó e invocó a mi corazón emocional y melancólico. Se dieron combinaciones únicas de pistas clásicas y melodías junto con sus composiciones originales. Sin cesar, Tokimonsta mezclaba y ajustaba todo mientras develaba su energética presencia en escenario. Lucía prominente, estilizada y con muchísima confianza.

Al terminar el concierto, agradeció a la concurrencia. Dejé la sala y solicité un viaje de regreso al hotel. Para entonces, estaba hambriento, así que caminé a un café cercano y pedí comida para llevar, la cual comí en el hotel antes de dormir. Sabía que comer tarde en la noche no era lo más saludable.

Me levanté el sábado temprano para tomar mi transporte de regreso a Los Ángeles. En el avión, pensé acerca de las últimas catorce horas que había pasado en San Diego para ver a Tokimonsta. Antes de darme cuenta, ya aterrizábamos en LAX. Esperé el transporte de autobús *Flyaway* hacia mi casa en Westwood.

Ya en mi departamento, me sentí cansado y dormí la siesta. Me levanté a eso de las 3 P.M. y me di cuenta que era la hora de irme. Ese día, el sábado 13 de noviembre de 2015, tenía boletos para un festival musical donde Tokimonsta haría su última parada en California de su gira de otoño. Iba a presentarse en el Carnaval Camp Flog Gnaw de Los Ángeles.

Por segundo día consecutivo, me puse mi maquillaje para verme como mimo con cruces rojas en las mejillas, y mi playera invitando a la gente a dejar de fumar. Un servicio de transporte compartido me llevó de Westwood al tren de Culver City Expo Line. Me subí para transportarme hasta la parada del Coliseo de Los Ángeles. Salí de la estación y caminé a la fila de personas que esperaban entrar al festival musical.

La fila avanzaba rápidamente; pasé por seguridad y entré. Era un evento masivo con paseos de carnaval y muchas etapas de música. Un gran tablero anunciaba que Tokimonsta se presentaría en el escenario de la Memorial Arena de Deportes de Los Ángeles más tarde esa noche.

Entré a la enorme arena, donde tuve oportunidad de sentarme o estar de pie donde me apeteciera, incluyendo los grandes balcones — por entonces, prácticamente vacíos—. Había muchas filas abiertas en el balcón superior cerca del escenario. La perspectiva era portentosa. Cuando Tokimonsta saliera, tendría una vista como levitando sobre ella. Pero aún faltaban más de cuatro horas antes de su presentación.

Mientras esperaba, bailé con una diversidad de géneros musicales interpretados por DJs y grupos, incluyendo a un grupo de heavy metal. Cuando se presentó el grupo de heavy metal, vi a muchos de la joven concurrencia estremecerse y bailar rápidamente con contacto físico agresivo. Eventualmente, el público tomó el escenario. Un hombre con la nariz sangrando buscaba atención médica. ¡Tal es la energía y agresividad de la juventud! Años atrás yo brevemente había pasado por la caótica locura de la música punk/industrial de finales de los ochenta y principios de los noventa. Poco después, mi energía física, a la vez que el miedo de lesionarme, acabaron con mi corta etapa de baile violento. Mis preferencias evolucionaron hacia el baile en toda su expresión, con un espacio para el rango completo de movimiento, sin chocar con la gente. Cosa irónica, porque muchos de los conciertos de Tokimonsta están abarrotados, al menos cerca del escenario.

En el extremo lejano del lugar, opuesto al escenario, se había instalado una zona/rampa temporal para patineta. La gente se deslizaba y practicaba suertes mientras que se presentaban los artistas musicales. Esto le agregaba un toque distintivo al ambiente auditivo de carnaval.

Tokimonsta entró con su comitiva a la arena. Su representante y equipo comenzaron a instalar los instrumentos electrónicos en el escenario debajo de mí. Conforme trabajaban, uno de los hombres en el equipo vio hacia donde estaba y gritó: "hola". Después de un momento, me di cuenta de que me hablaba a mí y le contesté al saludo. El hombre me recordó mi noche anterior en San Diego e indicó que era el responsable de la gira. Este reconocimiento inesperado le sumó un lindo toque personal a la noche.

Ya con los equipos electrónicos de Tokimonsta instalados y probados, ella comenzó con su presentación. ¡Esa noche fue impresionante para mí, porque era la primera vez que podía verla desde atrás del escenario! Bailé y disfruté de esa visión de casi 360 grados de ella. Me desplacé a la izquierda alrededor de la circunferencia del balcón en alineación con su oído izquierdo. Fue un concierto electrizante. Mi entusiasmo me impulsó a gritar su nombre, sin duda, más de la cuenta. Yo estaba perdidamente capturado en la adoración de verla y estar así de cerca de ella en tan trascendental escenario.

El personal de seguridad de la arena me pidió salir; ya intentaban limpiar el sitio porque Tokimonsta era la última artista en la carta. Dejé esa sección del balcón y me desplacé hasta el área distante de la arena para escuchar la última estrofa de su presentación, a lo lejos.

Al salir del carnaval, escuché una canción de Snoop Dogg. Usualmente no lo habría retenido mucho tiempo, siendo que había escuchado demasiadas canciones de Snoop Dogg durante eventos de música popular con DJs. Pero esa noche, era diferente. En un escenario de exteriores, cerca del festival, ¡estaba el auténtico Snoop Dogg (Cordozar Calvin Broadus, Jr.)! Ya se hacía tarde, así que abandoné el carnaval y me subí a Expo Line de regreso a Culver City antes de tomar un auto de transporte compartido hacia mi departamento en Westwood.

Durante esta primera semana de noviembre de 2015, Tokimonsta se había presentado en seis ciudades en California. Estoy agradecido de haberla podido ver tanto en San Diego como en Los Ángeles. California ese año se había vuelto de nuevo mi estado hogar. En Massachusetts, había pensado a diario acerca de regresar a la Costa Oeste. La Vida en el Estado de Oro seguro tendría muchos retos únicos y competencia, pero estaba decidido a regresar. Este fin de semana fue una celebración de la experiencia de California.

Una esfera con dos ojos y un oído

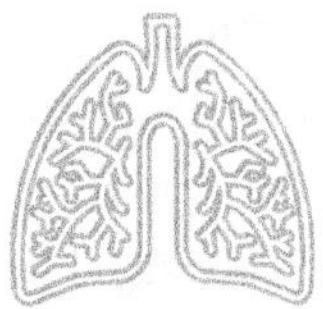

MAGNOLIAREX Y YO NOS ACELERAMOS en nuestra deslizante por la superficie de WASP12b en la constelación de Auriga. Magnolia reprograma los controles y ascendemos más a la atmósfera y hacia el espacio profundo. La nave acelera rápidamente y yo me siento algo turbado, como si viajásemos más rápido que la luz.

La nave se desacelera conforme nos acercamos a un planeta. Magnolia me explica que hemos regresado al planeta Tierra. Nuestro mundo ya no es verde sino en mayormente desértico. Al acercarnos a la superficie, veo lo que aparentan ser ruinas griegas o romanas.

Mientras que sobrevolamos rápidamente sobre la tierra, deduzco lo que podría haber pasado; años de formaciones climáticas cambiantes, un evento celestial, a la vez que una explosión nuclear, se presentan en mi imaginación. La geósfera y el ambiente están alterados pero son aún reconocibles como nuestra tierra.

No recuerdo qué año o qué día es y, según mi última inspección, no habíamos tenido problema alguno, así que tal vez esto es un sueño. MagnoliaRex dice que esta realidad es lo que los extraterrestres en WASP12b, los docesinos, imaginan que nos pasó.

"¿Esto es ficción?", le pregunto.

"Hmmm", dice Magnolia.

La deslizante sigue en exploración. Conforme viajamos, le pido que nos lleve a ubicaciones que traen memorias. Volamos a Los Ángeles, Suiza, Corea, a las Cataratas del Niágara y a Nueva York. Estos lugares ahora están básicamente vacíos, pero determinados aspectos de la geografía y topografía siguen siendo familiares.

No tengo claro qué hora es, pero las nubes cerca de nosotros se despejan y se abre el horizonte. El sol brilla vibrantemente a través de una serie de escombros. La luz reflejada por las ruinas crea remolinos de luz y color con sombras grandes.

En la superficie encontramos proyecciones holográficas de los docesinos conforme ellos exploran el planeta e investigan cómo habría sido mientras los humanos aún estaban ahí. MagnoliaRex explica que compraron lo que queda de las ubicaciones reales con las fotografías de los discos de oro de la Voyager para ayudar en sus reconstrucciones talladas en diamante. Los docesinos deben de hacer esto de forma remota desde cierto lugar en WASP12b. Conforme desaparece el sol, MagnoliaRex se reclina y toma mi mano. La alcanzo y abrazo con suavidad.

Volamos más lejos hacia la atmósfera. La luna está rodeada por un perfil de esfera, algo así como un plano. En la esfera hay anillos circulares, como portales para una realidad lunar alterna. Un portal rojo está relleno con un globo ocular; un solo portal azul contiene el otro ojo. En la mitad de la superficie de la esfera hay lo que parece un carnoso oído interno o una boca. El orbe comienza a irradiar señales digitales, lo que suena como voces por el sistema de audio de nuestra deslizante.

"¿Qué es eso?", le pregunto a MagnoliaRex.

"Tal vez es algo que dejaron los últimos humanos en la Tierra para transmitir la memoria de lo que alguna vez existió, tal vez para señorear todas las cosas, o posiblemente es solo la interpretación de los docesinos del concepto humano de Dios", responde Magnolia.

Nos movemos hacia el cielo oscuro y me pregunto si MagnoliaRex debiera de llevarnos a un sitio que nos permita ver el sol. Ella frena la nave y la ajusta a potencia mínima. La nave se siente como si apenas la empujara el aire, algo así como viajar en globo aerostático.

Me quedo dormido y sueño con animales. Me llena la culpa de todas las criaturas que comí antes de hacerme vegetariano, y me espanta aquello que podrían hacer si nos necesitaran a nosotros para su alimento o calentamiento. Pienso sobre todas las advertencias de personas en traje de vaca y de pollo. Al emerger la luz solar, MagnoliaRex nos lleva en un último recorrido por esta Tierra futura.

"Es hora de irnos, Jeffrey. Este planeta no es nuestro. Bueno, al menos no ahora", dice Magnolia. "Tal vez es la imaginación de los docesinos acerca de nosotros; el lugar donde está la humanidad ahora, ¿quién lo sabe?"

Oscurecimiento Fraccional

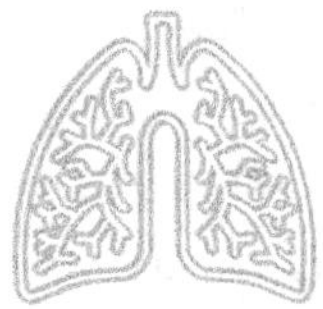

ME LEVANTO DE MAÑANA Y SÉ QUE ES HORA DE IR a trabajar. Hoy, sin embargo, tengo la sensación de que pasará algo inusualmente bueno. Hay chirridos de sintetizadores y voces artificiales de mi computadora mezclándose a manera de sinfonía de ritmos y pulsos pegajosos. La sorpresa musical me dispone alegre y optimista.

Hago esfuerzos para salir de la cama y prepararme para el día. No quiero salir, pero debo hacerlo. Sin trabajar, no habrá dinero para pagar la renta. Hoy estoy decidido para agregar valor, de mi propia forma creativa, al mundo de los servicios de salud.

Manejo mi station wagon de doce años de antigüedad y reflexiono sobre los complejos cálculos que efectúa el vehículo. Tal vez no traiga el último chip de computadora, pero es bastante complejo según entiendo. Medito sobre las mediciones y fórmulas necesitadas para medir las proporciones de gas y oxígeno que los circuitos mantienen intacto al sistema eléctrico y la mecánica que obra en la estabilización de las ruedas y chasis. Manejar en estos caminos vacíos el día de hoy es muy sencillo.

Me siento en el escritorio y me conecto a la red. Tal vez primero debiera de comer algo, pero en lugar de ello, abro un correo electrónico que me llegó muy de noche. Hay un asunto que atender con los requerimientos de software. Reconozco qué es lo que se tiene que hacer, pero habrá retraso de un día o más, o incluso más tiempo. Quedo algo decepcionado, pero tengo que concentrarme.

La siguiente hora se va en completar revisiones a los documentos para volver a encaminar el proyecto. Tras una ronda de cambios, el programa no se guarda. Comienzo de nuevo y doy seguimiento a mis pasos para ciertas mejoras. Veo los archivos y me detengo con una revisión página por página. Después de mi revisión, las actualizaciones de requerimientos aparecen coherentes y sin fallos (¡espero!). Las envío a la administración para que las aprueben.

Me percato de mi hambre; apenas son las 9 A.M. y no es demasiado tarde para desayunar en la cafetería. Mientras desayuno avena y café, contemplo mis elecciones de vida en el pasado, presente y futuro. Estoy trabajando con mi deuda financiera y llevo un régimen de mejora inspirado por libros de autoayuda. La vida es como una tabula rasa y estoy listo para un amor nuevo.

Regreso a mi cubículo y encuentro emails urgentes. Al teclear respuestas, reflexiono sobre mi último amor y cómo yo esperaba que nos casáramos, cosa inocente y optimista. Actué sin precaución y eso me hizo aprender. Total, el deseo de estar gozoso y con confianza completa continúa; ¿tal es la esencia del amor?

Termina el trabajo y voy a mi auto. Suena una canción bonita, pegadiza en la radio; tiene un ritmo electrónico para bailar. Le subo al volumen, con las ventanas abiertas. En la canción, la voz de la mujer es amistosa, como si quisiera que me uniera a ella en sus aventuras para relajarme y divertirme en la vida.

Llego a casa. Me quito la ropa de trabajo y me pongo la del gimnasio. Afuera, todo está nublado — cosa rara para el valle en esta época del año—. Comienza una brisa y el aire se hace más frío. ¿Es primavera o verano? Pienso en qué hacer. No me puedo quedar adentro, así que me subo al auto. Manejo por la Avenida Verdugo y veo que el tráfico de hora pico avanza lentamente conforme las nubes crean un extraño reflejo de luz en el paisaje.

Durante mi rutina, tengo pensamientos nostálgicos acerca del viaje. No puedo recordar bien a bien el viaje; tal vez eso es señal de que llega el momento de mis vacaciones. Hace bastante tiempo desde que salí de la ciudad. No hay razón para ir a lugar alguno, supongo. En los últimos minutitos de una clase de hot yoga, medito y comienzo a sentirme solitario.

Regreso al auto y enciendo la radio para escuchar otra melodía atractiva; una mujer canta con un acento lleno de sentimiento que me recuerda algo a Amy Winehouse y que, a su vez, me recuerda a Londres. Tal vez debiera de visitar el Reino Unido. Sería una juerga cara y extensa, y yo habría de estar solo.

Camino a casa, vuelve a cambiar el clima. Había estado más fresco, pero ahora está caliente y seco. Esta es una gran noche de verano para la naturaleza, así que me dirijo a Griffith Park. Me bajo del auto y camino por un rato. Durante mi tranquilo recorrido, la luna aparece en el cielo.

Ya refrescado y despierto, hago en auto un recorrido por las autopistas alrededor de Los Ángeles. Manejo toda la noche, sin el impedimento del tráfico usual y llego a casa justo a tiempo para ver amanecer.

Al salir de mi auto y caminar a casa veo una sombra inmensa, de forma perturbadora, de mi propia persona. No puedo recordar si necesito ir a dormir o prepararme para trabajar. ¿Es que tendría que leer o escribir un libro? La sombra ante mí parece moverse sola, como si me saludara desde un tiempo de vida paralelo.

A Lhasa

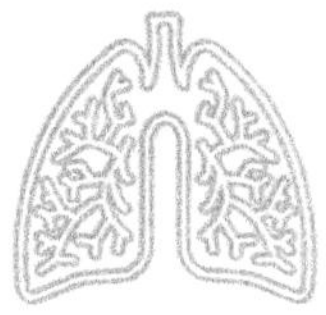

L A CANCIÓN DE 1995 "LAST TRAIN TO LHASA", 'El Último Tren a Lhasa", del grupo musical Banco de Gaia es una de mis canciones electrónicas favoritas de juventud. Converso con MagnoliaRex acerca de tomar un tren al Tíbet, sorber té caliente y disfrutar del escenario desde la seguridad del habitáculo lleno de oxígeno conforme el tren avanza por la meseta tibetana y las Montañas Kunlun.

Le explico que únicamente podemos imaginar el Tíbet del futuro. Conversamos sobre el crecimiento económico auspiciado por el estado que ocurre ahí. Tal vez se dará una elección o un cambio de perspectiva y el gobierno aplacará pacíficamente a todos.

"Jeffrey, piensas de más; concentrémonos en la música por ahora", dice MagnoliaRex.

"Sí, estoy de acuerdo", le respondo. "Construyeron una réplica de un pueblo suizo en Shenzhen del Este; ¿te gustaría ir allá? Podríamos pasar San Valentín ahí".

"Hmm, ¿por qué no construimos un poblado suizo en la luna?", responde MagnoliaRex.

Río levemente con su sugerencia y le propongo que algún día toque en una Lhasa llena de almas contentas; es solo cuestión de tiempo. MagnoliaRex está de acuerdo conmigo.

Diciembre en D.C.

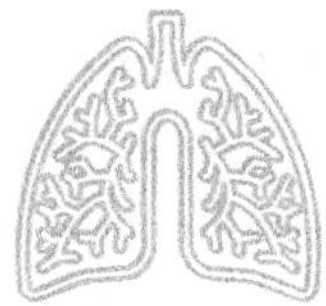

EL PLAN DE TOKIMONSTA ERA PRESENTARSE EN Washington, D.C. la noche del sábado 5 de diciembre de 2015. Una semana antes de esa fecha, ya había dispuesto mis planes para ir al espectáculo. Un vuelo directo desde Los Ángeles al Aeropuerto Nacional Ronald Reagan de Washington partió la tarde de viernes. Estaba emocionado al pensar acerca de los nuevos descubrimientos y por perspectiva de ver a Tokimonsta presentarse en la capital del país.

Al planear mi viaje, decidí incorporar la actividad de voluntario. En su sitio web, el grupo sin fines de lucro *One Brick* enlistaba turnos abiertos para trabajadores en un evento anual para recolectar y distribuir ropa y cobijas usadas a los indigentes en el área de D.C.

Terminé de prepararme para un fin de semana de actividad sinfín. Habría de llegar en la noche del viernes. El sábado, haría trabajo de voluntario en el movimiento de ropa en la mañana y vería a Tokimonsta en su concierto de noche. El domingo, volaría de regreso a casa a Los Ángeles.

Yo para nada era un extraño en el área de D.C. Había pasado algunos años de mi niñez en los 80 viviendo en Rockville, Maryland. Pasé muchos momentos felices y sorprendentes en ese lugar, gran parte de ellos leyendo, andando en bicicleta, andando en el Metro de D.C. y en expediciones a los bosques. Aprendí con mis amigos sobre cómo explorar los tubos de drenaje corrugados bajo la Autopista 270, conocida también como *Beltway*. Los pasajes angostos, húmedos y oxidados eran atemorizantes y tal vez peligrosos, pero la emoción de llegar al otro lado resultaba ser un gran logro. Al vivir en Rockville, recuerdo ver la película de 1985 *The Goonies*, que dirigió Richard Donner. La película me emocionó e inspiró algunas de mis expediciones hacia las áreas naturales.

El vuelo de Alaska Airlines desde Los Ángeles hasta el aeropuerto Nacional Ronald Reagan de Washington se dio justo como había planeado, lo que me puso de excelente humor. Desde el aeropuerto, tomé el metro hacia McPherson Square. Luego caminé en el frío al hotel. Afortunadamente, llevaba abrigo y guantes. Me ejercité brevemente en el gimnasio del hotel y, luego, pedí comida para llevar en un restaurante cercano. Después del largo día de trabajo y viaje, rápidamente me dormí.

De mañana, la alarma del teléfono me despertó para atender mi compromiso de ayudar en el traslado de ropa. Tomé un autobús hacia un gran edificio de oficinas cerca del Capitolio. Me registré, me dieron mi tarjeta de identificación y colgué mi abrigo. Los voluntarios recibieron una breve orientación acerca de cómo, durante las siguientes 48 horas, íbamos a organizar y distribuir ropas donadas para el beneficio de refugios locales para indigentes.

Durante las siguientes horas, me ocupé de organizar artículos en siete categorías. La mayoría de la ropa era atuendo de mujer pequeño y ligero. No parecía ser el tipo de ropa necesitada en los refugios. Esto me hizo pensar acerca de cómo la gente se relaciona de forma diferente con la ropa. Supuse que habría tomos llenos de estudios acerca de esto; algunas personas podrían buscar únicamente aspectos funcionales, pero el estilo, diseño y características subliminales pueden ser factores decisivos dependiendo del individuo y las circunstancias. Durante la actividad de ordenar, los organizadores solicitaron más ropa de hombre. Me pregunté si el atuendo donado sería apto y pensé sobre las variaciones de género de las personas en situación de calle.

Después de mi labor de voluntario, tomé el metro a la estación U Street, cerca de donde Tokimonsta se debía presentar esa noche. El Music Hall de U Street parecía ser una fachada estándar sin marquesina.

Estaba hambriento y me dirigí a una ajetreada tienda de suministros orgánicos. Creé mi ensalada, tomé una cambucha y entré a la larga cola. El proceso fue rápido, ya que tenían una alineación completa de empleados para salida exprés.

Comí en mi hotel, tomé una siesta y luego me lancé a una clase de hot yoga en Glover Park en el extremo occidental de D.C. Inicialmente, estaba confundido acerca de qué autobús tomar, pero pronto encontré uno con la dirección correcta. Después de varias millas, bajó de velocidad como lo demandaba el tráfico frenético de noche de fin de semana en Georgetown. Cambié de plan y decidí ir a clase en el Yoga Studio de Georgetown. Me bajé del autobús y caminé afanosamente, porque no quería perderme el inicio de la práctica.

Anduve rápidamente por las calles de Georgetown; me resultaban familiares, porque alguna vez había pasado un verano de becario en la oficina de un miembro de Ohio de la Casa de Representantes de Estados Unidos. Fue entonces cuando decidí no hacer carrera en política y me interesé más en la tecnología.

Al caminar, recordé uno de los días más memorables en Georgetown: el viernes 17 de junio de 1994. Esa noche las calles y establecimientos a reventar nos tenían a todos pendientes de los eventos de tiempo real con la persecución de auto de O.J. Simpson en las autopistas de California. Llegué al estudio de yoga, me cambié de ropa y me tomé un momento para meditar acostado en el tapete en ese salón tibio.

Después de la clase, me sentí refrescado a la vez que preocupado por si pudiera estar cansado en el concierto. Tomé un autobús de regreso al hotel, porque ya casi era la hora del espectáculo. La sala de conciertos no aparentaba ser un club nocturno refinado con requisitos de vestimenta, así que decidí intentar mi personalidad de mimo Baptiste Debureau y esperar lo mejor. Me bañé y me puse mi maquillaje blanco de mimo y mi playera para animar a todas las personas que intentaban dejar el cigarro.

En Washington, D.C., había un restaurante llamado *Toki Underground*. Este comedor de ramen era de temática asiática, y ya que toki significa *conejo* en coreano, supuse que tal era la influencia por la elección del nombre para el restaurante. Llamé al restaurante y me informaron de que ya casi no quedaban mesas libres. Esta era una única oportunidad para ir al Toki Underground y ver a Tokimonsta presentarse, ¡todo en la misma noche! Me preocupé de que tal vez no me dieran servicio en mi personaje de mimo, pero pensé que valdría la pena intentarlo. Usé un servicio de transporte compartido. El conductor me recogió, y luego a otro pasajero. Al llegar a mi destino, me apresuré a cenar.

Subí varios escalones para llegar a Toki Underground, que estaba en el segundo piso. Era un sitio pequeño con mucha decoración con música de hiphop. Me detuve en el área de recepción al final de las escaleras y la acomodadora me preguntó cuántas personas había en mi evento. Pedí una mesa para uno y me dijo que no debería tardar. Pronto ya estaba sentado en una barra frente a la pared. Me ofrecieron muchos platillos de carne del menú, pero me quedé con las opciones vegetarianas. Había un coctel en el menú llamado "Toki Monsta". Esta mezcla creativa tenía panza de cerdo, así que pedí una mezcla similar, llamada "Veggie Monsta". La comida llegó rápidamente y pronto acabé de comer.

Usé mi teléfono para pedir otro auto y descendí la escalera para salir a la calle. Afuera, había escuchado sirenas y vi patrullas y un camión de bomberos. No tenía claro lo que ocurría, pero era el momento de irme. Además de que hacía frío. Encontré el vehículo que me esperaba e iba en la última parte de mi viaje para ver a Tokimonsta. Durante el viaje, estaba animoso de haber lidiado con los riesgos en este viaje a D.C. y haber podido gozar de eventos reales, prácticamente regulares, de a diario, en este sitio en el que había crecido.

Llegué al Music Hall de U Street unos treinta minutos después de que abrieran las puertas. No tuve que esperar en la fila mucho tiempo antes de mostrar mi licencia para conducir y caminar al área de conciertos. A diferencia de una sala tradicional multinivel, esta era una sala grande con techo bajo. Ya había bastante gente al frente, así que en vez de intentar avanzar, vi el espectáculo desde atrás. Bailé con los DJs de apertura, cosa que puso en movimiento mi sangre y flexibilizó mis músculos. Tokimonsta llegó al escenario recibiendo un fuerte aplauso y ovación. Por las siguientes dos horas, bailé a lo largo de la distante pared opuesta. Durante su presentación, salté y respingué alto para que ella me pudiera ver. Ella probablemente no me vio, pero imaginé que sí lo había hecho y que sonreía ampliamente con cada rebote mío.

Al terminar el concierto, me moví al área del escenario. Su responsable de gira y sus ayudantes desconectaban su equipo. Dije hola, ya que el responsable me había reconocido de la Arena de Deportes de Los Ángeles. ¡Me pidió tomarse una foto conmigo! ¡El video artista (VJ) del tour pidió también tomarse una foto conmigo! Me honraba tanto obtener una recepción positiva del grupo de Tokimonsta.

Caminando de regreso al hotel, hacía frío, pero no helaba. Dormí por unas cuantas horas antes de levantarme para caminar al metro. Tras el viaje al aeropuerto, ya iba en mi vuelo de regreso a Los Ángeles.

Ardiente Anhelo

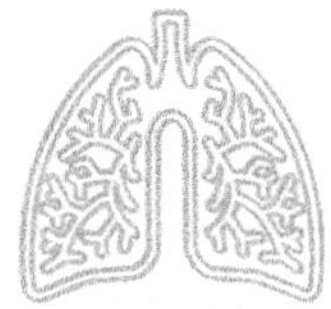

Es una calurosa tarde de viernes en mi departamento del Barrio Coreano. Este lugar fue construido en la década de 1920 cuando no había aire acondicionado, así que uno se tiene que acostumbrar al calor. El fin de semana comienza con lavar la ropa; nada mejor que el sentimiento de terminar una enorme, pero necesaria, tarea. Entre lavar y secar, estoy motivado y decido limpiar y trapear. Bailo al ritmo de una estación de música electrónica londinense de mi preferencia mientras que el brillante y oscuro piso de madera del departamento rechina de limpio.

El ruido de la ciudad y el edificio se acrecientan notablemente y el calor se hace intenso. Los antiguos pisos crujen en varias partes. La mayoría de los residentes, yo incluido, dejamos las ventanas abiertas. Puedo comprender la mayoría de las palabras de mis vecinos, pero imagino sus historias como tocando en orquesta para el paisaje urbano.

Tal vez la mujer más allá en el pasillo acaba de concluir una relación de un año y está lista para reafirmar su independencia. Planea salir de noche, quizá irá en auto ella sola, aventurándose en la noche.

En otro departamento, escucho a una perra ladrar. Espío la cachorra en su expresión. Extraña a su dueño. La perrita se mueve en la habitación pensando que si se apiña en la esquina del departamento, el dueño volverá. Ladra una cacofonía de emociones hasta que se cansa y lengüetea agua. La canina descansa hasta que su dueño regresa y le regala una amplia dosis de apapachos y besos.

Desde el baño, tal vez vía la tubería, escucho una voz masculina que parece hablar por el teléfono. Se vivifica con la emoción de comenzar una nueva relación. A pesar de su emoción, parece haber cierta tensión, algo de agitación. Está enfáticamente encantado mientras que descaradamente declara su amor y deseo. De vez en cuando, empero, habla susurrando, como si su asunto debiera de mantenerse en secreto.

Hay muchos gatos en el edificio. Me imagino que los felinos se comunican uno con otro a nivel subsónico en el edificio, tal vez en toda la cuadra. Conforme estos se mueven animosamente en sus ambientes, dialogan acerca de la relación con sus sueños y su fascinación con el mundo físico.

En una habitación, una mujer está con su novio. Ella está feliz y piensa que se deberían casar. La mujer exclama que la noche es demasiado cálida como para estar en casa, que la vida es muy corta e insiste en que salgan y disfruten la noche, tal vez refrescarse con el océano y ver el anochecer.

La mayoría de los residentes o ya se han ido o están preocupados con sus mascotas, familias o pareja. Al paso del día, se puede oír un piano desde el departamento de la esquina, con una o dos voces cantando con la melodía. Me pregunto si el músico ha invitado a un vocalista. Tal vez otros en sus estudios también espían, intentando cantar afinados su propia vida.

No puedo dormir; hace demasiado calor afuera. En la regadera, enjugo mi cabeza con agua fría. La ciudad ya está más callada, pero la vida nocturna continúa a cuadras de distancia, recordándome Rear Window, 'La Ventana Indiscreta' de Hitchock. Ojalá no haya asesinatos esta noche en Los Ángeles. Imagino los deseos y aspiraciones de la gente y los animales que comparten este edificio y contemplan el efecto que esta comunidad y este sitio tienen en todos nosotros esta noche.

Nube

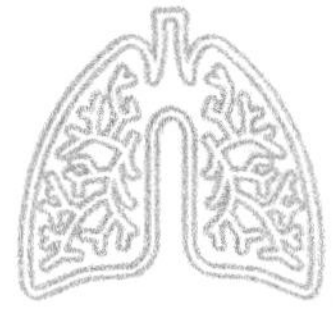

No hay mucha luz. Debo de estar dentro de alguien o algo. Las paredes son frías y difíciles para asirme, como si estuvieran hechas de metal. Con cuidado camino a donde puedo ver algo de luz. Las paredes de la cueva están cubiertas de lo que parece cobre puro, color ladrillo, sin contaminar. Afuera de la entrada hay un desierto con ráfagas de viento. En el horizonte, veo lo que parecen tornados. Me pregunto si estoy en Kansas o alguna parte del medio oeste.

A unos pies hay un enorme objeto que me recuerda la escultura de Iñigo Manglano-Ovalle, "Cloud Prototype No. 6" — 'Prototipo de Nube, Núm. 6', que había visto en el aeropuerto de Zurich. Esta versión de la escultura, aclaro, parece estar hecha del mismo cobre rojo inmaculado de las paredes de la cueva.

Veo con cuidado al tallado y veo imágenes breves de MagnoliaRex. Jamás es una toma cercana de ella; las visiones son borrosas. Parece que se mueve o está buscando. ¿Es que ella va a algún sitio o busca algo? Sus manos hacen presión como si quisiera que yo hiciera lo mismo. Toco la escultura.

"Jeffrey, los generadores de energía y los robots que mantienen todo esto están fallando; ahora en el mundo tienen ciertos predicamentos mayores. Los tornados, no debería de haberlos, no en esta época del año. No veo por cuánto tiempo estaremos aquí bajo tales condiciones", me dice.

"Bien, ¿qué podemos hacer... usar menos energía? ¿Apagarnos por cierto tiempo? ¿Pasar a un estado de hibernación? ¿Podemos sobrevivir de esa forma? Si regresamos en el tiempo y cambiamos las cosas, ¿podríamos resolverlo?", le pregunto en mis pensamientos.

"No creo que en realidad podamos arreglar las cosas viajando en el tiempo. No podemos prevenir esto", le escucho decir.

El viento se eleva y un tornado se acerca. Sostengo la estatua con fuerza. Mi vista se nubla y caigo al piso. Algo sujeta mi brazo. Abro mis ojos y levanto la mirada, identificando a MagnoliaRex. Ella me levanta.

Nieva y está congelado. El piso está hecho de enladrillado. Frente a nosotros está una versión coloreada de la escultura "Cloud" o "Nube", como si esta estuviera compuesta de hierro gris. Me balanceo contra la escultura conforme Magnolia me ayuda a ponerme un abrigo grande. Estamos en una ciudad. Las torres multicolores de la Catedral de San Basilio están cerca; esta es la Plaza Roja en Moscú.

"¡Vamos, no podemos quedarnos aquí!", dice MagnoliaRex conforme me toma y me jala adelante. Se pone más frío, como si el viento helado soplara y la nieve descendiera más rápido.

MagnoliaRex me guía hacia la gran tienda departamental de GUM. GUM ha existido desde finales del siglo XIX, a lo largo de la era soviética, hasta el presente. MagnoliaRex desprescinta la puerta y entramos.

El edificio está prácticamente vacío, lleno de una tenue luz amarillenta. Hay aparadores pero nada a la venta. MagnoliaRex observa y está perpleja. Observa al techo. Le sigo conforme ella asciende a los niveles de venta superiores. Busca algo. Llegamos al extremo más recóndito del edificio. Existe todavía otra versión de la escultura 'Nube'; esta parece estar hecha de oro. MagnoliaRex entrecierra los ojos un par de veces, luego toca al objeto. Yo también la toco y puedo escuchar sus pensamientos.

"Aquí en Rusia, tras el agotamiento del petróleo, experimentaron con energía nuclear, eólica e hídrica, y finalmente taladraron más de cerca la corteza de la tierra para obtener más energía. Pero al final eso no fue suficiente. El número creciente de personas con cerebros dislocados como nosotros usan tanta energía que está más allá de la capacidad de sus sistemas operacionales. Ellos ponen a muchos en un sistema desactivado, pero pronto se arruinarán si no componemos el funcionamiento de la energía", dice MagnoliaRex.

Veo la superficie de la escultura de oro y atisbo imágenes de la maquinaria de energía y los sistemas que fallan.

"No tenemos control alguno sobre esto, ¿verdad?", le pregunto.

"Ya estando aquí, tal vez podremos; tal vez podamos re energizar los sistemas desde dentro", responde MagnoliaRex.

Ella toma mi mano, alejándola de la escultura. Hay una breve chispa de luz y aparece todo tipo de objetos en los aparadores de la tienda. Copas de oro, monedas, coronas —todo lo que se pueda imaginar alguna vez hecho con oro—.

Me impacta todo esto, pero MagnoliaRex parece molesta. Se mueve rápidamente hacia el otro extremo de la tienda. En el lado opuesto existe otra versión de la escultura de 'Nube'; esta parece hecha de plata. Estiro mi brazo para poner mi mano en esta versión. Todo vuelve a parpadear, y ahora, en vez de artículos de oro, la tienda se llena de objetos de plata. Magnolia me retira de la escultura, como recriminándome.

"Vaya, sin sorpresas, ¿vedad?", le pregunto.

"Hmm, esto es obviamente la fantasía o acertijo de alguien más, la calma antes de la tempestad", dice MagnoliaRex.

"Esto ha de tener un propósito, ¿verdad? O ¿resulta solo para divertirnos? Pensemos; tenemos cobre, hierro, oro y ahora plata. ¿De qué se trata?", pregunto. "Podemos cambiar los artículos a oro nuevamente y venderlos, ¡o podemos crear el mayor fonograma de oro de la historia!".

"Divertido, pero no hay un estéreo grande de oro para escucharlo", chancea Magnolia.

Examinamos la tienda repleta de mercancía de plata. A nivel del piso, encontramos una puerta. Magnolia nos conduce por la entrada y bajamos los escalones hacia el sótano. Es un enorme silo con luces rojas y púrpuras. A la mitad del espacio existe otra versión de la escultura. Esta no está hecha de metal sino que está cubierta con musgo húmedo verde oscuro.

MagnoliaRex sonríe y dice "Fresco, esto tiene sentido; ¡esta está viva!"

Toco la estructura húmeda y no parece ocurrir nada. Magnolia también la toca pero sigue sin pasar nada.

"¿Qué crees tú?", le pregunto.

"No estoy segura", me responde.

Volvemos a subir por las escaleras y ahora la tienda está llena de vida. Hay plantas en los anaqueles, hay animales sueltos, hasta hay gente caminando.

MagnoliaRex me mira y luce serena. Guía el camino de ambos saliendo de la tienda GUM y hacia las calles; aún hace frío. Vamos a un hotel cercano para descansar.

"Pienso que hemos reactivado a tantos como pudimos. Despiértame en un par de horas", me dice.

¡Dona Sangre!

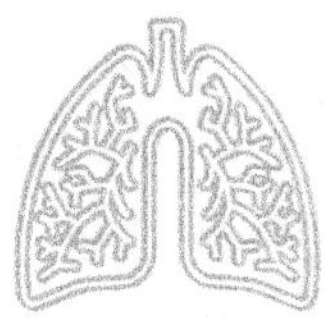

EL MIÉRCOLES 18 DE NOVIEMBRE DE 2015, TRABAJABA desde mi departamento en el distrito de Wersterwood en Los Ángeles, cerca de la Universidad de California en Los Ángeles. Durante las cuatro semanas anteriores, mis excursiones laborales me habían llevado a Texas, Georgia, Florida, el Norte de California y Nueva Orleans. Trabajar desde casa significaba levantarse a las 5 o 6 A.M., contestar llamadas y tomar notas y planes de proyecto hasta la tarde. Podía disfrutar del clima y tenía tiempo para llegar a una clase diaria de yoga. Me agradaba el viaje, pero también me gustaba la normalidad de las semanas cuando estaba en casa.

Esta ocasión resultaba única ya que Tokimonsta había anunciado que se tocaría en una transmisión exclusiva de internet en vivo desde Los Ángeles a las 5 P.M. hora del Pacífico. La semana anterior yo había entrado a una competencia para ganar boletos para ver el espectáculo del estudio, más no había obtenido notificación respecto a si había ganado o perdido.

Durante el día, el video de Internet de Tokimonsta resaltó el hecho de que ella estaba en los estudios de YouTube, donde sería la transmisión. Había leído acerca del edificio YouTube Space meses atrás, ya que el estudio está en el edificio hangar donde el equipo de Howard Hughes construyó la legendaria *Spruce Goose* de madera. YouTube estableció el estudio para fomentar las producciones de multimedios.

Los estudios no estaban tan lejos de mi departamento. Se estimaba que tomaría una hora en bicicleta para llegar aquí. Ya que mis responsabilidades laborales terminaban alrededor de las 3 P.M., tendría justo suficiente tiempo para ir en bicicleta hacia allá. Aunque no llegaría a verla presentarse en el edificio, aún había oportunidad de un saludable ejercicio *cardio* y para ver a Tokimonsta en mi teléfono en un café cercano.

Hacía unos dos meses que me había comprado una bicicleta, al moverme de regreso a Los Ángeles. Este día ofreció una gran excusa para una aventura de bici a Playa Vista, una parte de la ciudad que aún no había explorado. Para hacer que el día fuera aún más emocionante, decidí usar mi maquillaje de mimo y mi playera personalizada con la leyenda "Dona Sangre" en inglés. Ya que Tokimonsta había tocado en un evento de caridad promoviendo la donación de sangre, pensé que ella lo aprobaría.

Alrededor de las 3:30 P.M., abandoné mi departamento con maquillaje blanco de mimo, cruces rojas en mis mejillas y la playera de "Dona Sangre" (con un par de capas de de abrigo debajo). Era un hermoso fin de otoño en Los Ángeles, con la justa dosis de sol y no era tan frío.

Andando por Westwood Village, vi una florería. Compré un impecable globo con forma de corazón que inflaron con helio. Até el globo a una de las pretinas en mi pantalón. En sus publicaciones de Internet acerca del evento, Tokimonsta había incluido el emoticono de un globo rojo. Asumí que había cierto significado del globo más allá de la idea de una celebración, pero no pude pensar en uno en particular. Lo vi como una oportunidad de unírmele, en forma creativa con el corazón flotante rojo a mi bicicleta para esta oportunidad, como mimo durante la hora del tráfico en LA.

Salí de la florería y completé la preparación final para el viaje. Encendí las luces verdes de las ruedas de mi bicicleta y una barra de luz que llevaba a manera de cinturón en mi cintura. Esta iluminación evitaría que me impactaran mientras que le daba un efecto dramático a mi ciclismo.

Ya que no me sorprendía la tensión emocional y física del tráfico de Los Ángeles, planeé detener mi vuelta a Los Ángeles con base a mi uso de bicicleta y pies para llegar a la mayoría de mis actividades diarias. El vivir en Westwood cerca de UCLA era algo perfecto para esta estrategia; a una milla o dos tenía estudios de yoga, gimnasios, tienda de abasto y casi todo lo que se necesitaba. Poco después de la mudanza desde Boston en septiembre, mi auto necesitaba una reparación. Intenté probar el estilo de vida del noautomovilista, en vez de ello; andar en bici y caminar siempre que el clima, el tiempo, y la distancia lo permitieran. Me sentí fortalecido al ver mi auto recogido por última vez y sabiendo que ya no estaría atado a esta costosa amalgama de metal, plástico y líquidos.

Este día, yo voy entonces entre el denso tráfico — yo, mi bicicleta y mi globo, todos en pos de acercarnos un poco más a Tokimonsta—. Un sitio web de transporte de California indicaba que era legal escuchar audífonos en una bicicleta siempre y cuando un oído estuviese descubierto. Para este viaje, repetí uno de mis discos favoritos del año, *In Colour*, "A Color", de la música Jamie xx.

Durante el viaje, me detuve a publicar algunas imágenes y video, contribuyendo a mi perspectiva artística de la conciencia colectiva. El paseo fue predominantemente de norte a sur, y navegué por Sawtelle Boulevard, que es conocido como un nodo de la comunidad japonesa así como por su concentración de viveros de plantas. Ya luego, las instrucciones me indicaron a ir hacia el oeste. Entonces pedaleé por un accidentado vecindario suburbano lleno de entradas de cochera y casas antes de llegar al área de Playa Vista, donde se ubicaba el YouTube Space.

Vi edificios de oficinas más que nada. No eran rascacielos. Era un complejo de oficinas con edificios nuevos que albergaban compañías de tecnología. Al andar más adelante, vi un gran letrero de YouTube en un edificio gris. Me detuve y tomé una fotografía. No había multitud alguna, ninguna fila para entrar, así que probablemente yo era el único de sus fans que iba a echar un ojo a lo que ocurriría. Di una vuelta en la calle enfrente del edificio y noté a un elemento de seguridad trabajando en la entrada del estacionamiento. El policía me sonrió y yo le devolví una sonrisa aún más grande. Era un hermoso anochecer (el sol se ponía a las 4:47 P.M.). Tomé una fotografía de la vista del cielo a la calle. Las imágenes del letrero de YouTube y la vibrante puesta de sol se mezclaban creando una composición emblemática poderosa.

La transmisión de Tokimonsta habría de empezar en un par de minutos, y me di cuenta de que probablemente ella estaría justo ahí dentro del estudio. Detuve mi bicicleta y chequé la página de la transmisión desde mi teléfono. Ya había cuenta regresiva para el inicio del espectáculo. A la hora fijada, la pantalla se hizo oscura y entonces apareció brumosa, con tenue música de piano. Decidí que, sin tráfico alguno, estaría bien que yo viera y anduviera en bicicleta lentamente a la vez. El piano era emotivo y pronto pude ver a Tokimonsta con claridad en el video. Llevaba una chamarra de cuero negra y maquillaje oscuro. Se veía sofisticada, preparada y madura. En el fondo había plantas desérticas, como cactos y palmas. La iluminación era una combinación vibrante de violeta oscuro y rojo.

A partir del piano, ella hizo transición musical a su canción "The Beginning", "El Comienzo", seguida de las letras de la canción de 2006 "Kick Push", "Patada, empuje" de la artista Lupe Fiasco. La letra describía las acciones físicas de un patinador y yo seguí con impulso en mi bicicleta a cada palabra de "Kick Push". De momento, fue la canción para ciclismo callejero. El año había sido un viaje largo, un periodo de trabajo intenso en Massachusetts y entonces el regreso a Los Ángeles. Yo me había, justo como en la canción, dado de coces y empellones durante meses de trabajo, en todo el país, terminando aquí en este paseo extendido, pedaleando conociendo nuevo territorio para estar cerca de Tokimonsta. Casi sentí que lloraría, ¡pero tenía que seguir el ritmo!

Durante la hora siguiente, di vueltas amplias en la cuadra frente al estudio mientras que veía a Tokimonsta y sus vocalistas invitados dando una amable presentación. Sincronicé mi velocidad al tiempo de la música. Mi corazón estaba lleno de amor conforme anduve y la luz de sol cedió. Mi sangre acelerada, con tanta endorfina del ejercicio prolongado a la vez que el cambio de temperatura, me dio una completa experiencia cuerpo/mente. Esa noche yo estaba seguro de haber hecho la elección correcta. La vida en la

Ciudad de Ángeles tal vez no sea fácil, pero por ahora, había reencontrado mi hogar.

Al terminar el concierto de Tokimonsta, me detuve para ya guardar mi teléfono. Ajusté mi casco y comencé mi viaje a casa, en la oscuridad.

Más tarde en esa semana, Tokimonsta continuó con su gira "Fovere" en América del Norte. Fovere en latín es "calentar o apreciar". Para mí, la palabra Fovere siempre traerá, en el mejor sentido posible, la memoria de este paseo otoñal de bicicleta al anochecer, buscando amor.

El Último Festival Musical de Ansan Valley

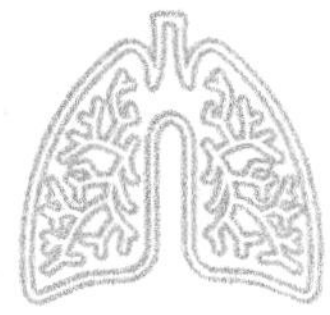

AGNOLIAREX ME DESPIERTA. ESTAMOS EN EL cuarto de hotel de Moscú. Afuera sigue nevando. La gente y los animales que recuperamos al tocar la escultura de 'Nube' se reúnen afuera de la tienda departamental GUM debajo.

"¡Bien, Jeffrey!", dice MagnoliaRex conforme me ve con preocupación y agresión, cosa que no había visto de ella en cierto tiempo. Me pregunto si ella está molesta conmigo. "Tienes un plan razonable. Podemos intentar visitar esa escultura en California; hay una oportunidad".

Mi pensamiento sería que si la escultura "Cloud", 'Nube', de Iñigo Manglano-Ovalle's nos había transportado a Moscú, tal vez su instalación "Weather Field No. 1", "Campo Climático Núm. 1" en Santa Mónica, California, podría reparar las cosas. Magnolia concurre, pero primero hemos de viajar ahí para experimentar.

Nos apresuramos hacia la terminal de tren Belorussky y tomamos el tren Aeroexpreso al Aeropuerto Internacional de Sheremetyevo. La terminal está callada y MagnoliaRex lidera nuestra búsqueda. Encontramos una puerta abierta que lleva a un avión. Tengo la impresión de que este jet nos está esperando. La aeronave parece hecha de cobre sólido, justo como con una de las esculturas "Nube". Ingresamos a la cabina y vemos un panel de pantalla de computadora; todo está en inglés.

"¿Esta cosa puede volar sola, ¿verdad?", pregunta MagnoliaRex. Ella indica que las opciones de menú en la pantalla táctil son más bien sencillas: cerrar puerta, preparar avión para volar, escoger destino.

"¿Qué opciones tenemos?", pregunto.

"Parece solo haber una. Es Seúl", responde Magnolia a la vez que pulsa en la pantalla.

"Bien, entonces vamos a Seúl", le digo.

MagnoliaRex activa las opciones en el panel. La puerta del avión se cierra, las luces de cabina cambian de color y hay ruido de zumbidos. Aparecen luces fluorescentes alrededor de los asientos del piloto y copiloto, y escucho motores. Nos sentamos y quedamos abrochados en los asientos. El avión comienza a rodar y luego se prepara para despegar. La partida sale bien y el avión asciende, pero Magnolia está tensa.

"¿Qué ocurre?" le pregunto.

"Que vamos a Seúl, no al "Campo Climático" en California", me dice.

"Estuvimos juntos en Seúl para tu presentación en el Festival Musical de Valle Ansan de 2013, a las 2 A.M., ¿recuerdas? Y ahora regresamos, más de ochenta años después", le respondo.

Volamos atravesando nubes bajas y pasamos el centro de Moscú; hay una inmensa multitud en la Plaza Roja. Al menos se ven vestidos para el frío. Me pregunto qué piensan acerca de todo esto, pero supongo que habrán de estar pre-ocupados, como lo está MagnoliaRex.

El avión se eleva más. El sol, así estemos a treinta mil pies, está envuelto por un crepúsculo nuboso, no es la luz solar que uno esperaría.

"Eso no parece normal, ¿o sí, MagnoliaRex?" le pregunto.

"No", dice MagnoliaRex.

"Tenemos tiempo, ¿verdad? ¿Cuánto?", le pregunto

"Uhm, pues no creo que mucho, ¿será menos que un mes?", responde MagnoliaRex.

El avión sigue elevándose y nos nivelamos a los cincuenta y cinco mil pies. MagnoliaRex presiona los controles y se muestran ajustes auxiliares. Ella habilita una aplicación de secuenciador musical para tocar y crear música. Magnolia se pone un par de auriculares y comienza a mezclar soni-dos. Conforme sigue el vuelo, nos bañan grandes nubes y el viaje se hace rudo.

"¿Qué es lo que sí sabemos?", pregunto y señalo a las amenazantes nubes grises. Ella me ve con sus labios frun-cidos y continúa generando música, contoneando la cabeza con ritmo mesurado.

Yo pienso en examinar el resto del avión, pero proba-blemente es mejor quedarnos al frente. El peligroso viaje es atemorizante, pero MagnoliaRex me hechiza mientras compone su música. Después de una hora, siento un ja-lón en mi hombro. Ella me pone audífonos en los oídos y me indica que escuche. Yo cierro mis ojos y me empapo en emocionales melodías con profusos elementos de per-cusión. La pieza tiene conmovedores influencias rusas, lo que me recuerda la "Canción de los Lancheros Bolga" En

Moscú, MagnoliaRex debió haber compuesto esto con su mente.

Nuestros asientos se sacuden con una dura turbulencia al acercarnos a Seúl. MagnoliaRex cierra sus ojos e intenta dormir, pero sigue preocupada y probablemente no está soñando.

Al descender la nave, la presión se hace menos tolerable. Nos acercamos a tierra; nubes gruesas siguen saturando los cielos. El paisaje de Seúl, cubierto de hielo, aparece en los pocos segundos anteriores al aterrizaje. MagnoliaRex toma mi mano conforme nos deslizamos en la pista helada. Después de navegar por el aeródromo, el avión avanza a una pasarela de jet. Se abren las puertas. Bajamos de la aeronave y caminamos a la terminal. Es el Aeropuerto de Gimpo en las afueras al poniente de Seúl. Desde las ventanas, veo más nubes, nieve y hielo.

"¿Tienes alguna idea de a dónde ir? Tú viviste aquí antes, ¿o no?", le pregunto a MagnoliaRex conforme caminamos por el aeropuerto.

"Si, pero eso fue hace bastante tiempo", ríe al decirme.

MagnoliaRex y yo caminamos hacia la estación de subterráneo y a la Línea 9 del tren. Somos las únicas personas en la ciudad y, como en nuestra visita a Londres, todo lo que tenemos que hacer es pensar, y el tren nos lleva al lugar de nuestra elección.

Ella hace que el transporte nos lleve a Dangsan y caminamos por el Puente Yanghwa cruzando el Río Han, que está helado y básicamente congelado. El agua visible está decolorada con un tinte caférojizo.

"El Han no se ve muy bien", dice MagnoliaRex. "El color turbio debe de significar que hay contaminación, tal vez algo del cielo o un tipo de arma. Tal vez esto es solo una falla de nuestra existencia virtual porque los suministros de energía en el mundo real se agotan".

Caminamos por el frío y volvemos a entrar al subterráneo en Hapjeong, nos movilizamos a la Estación de Tren de Yongsan, y entonces tomamos el tren expreso al Aeropuerto de Incheon. Magnolia busca otra aeronave, tal vez una que nos lleve a California. No hay nadie aquí — ni robots ni aeronaves —.

"Bien, ¿a dónde ahora?", le pregunto.

"Escucho tus pensamientos, Jeffrey; quieres ir al Centro de Arte de Nam June Paik. No estamos como para hacer turismo, pero es mejor que cualquiera de mis ideas en este momento", indica MagnoliaRex.

Nuestro siguiente destino es la Estación de Giheung, donde caminamos hacia el Centro de Arte de Nam June Paik. MagnoliaRex y yo tiritamos al pisar la nieve, pero tenemos que avanzar. El exterior del museo está rodeado de pantallas de video que muestran repeticiones de arte de video clásico de Paik, con retroalimentación de bucle. La puerta al edificio se abre automáticamente. Penetramos y nos sentamos en el lobby. MagnoliaRex y yo nos apartamos de la nieve y descansamos en el área cálida. Veo que ella luce compungida nuevamente.

"Jeffrey, realmente tenemos solo una semana aproximadamente", me dice.

Miro mi reloj, pero la pantalla está en blanco.

"Diez días", me dice. "Debiéramos de apreciar estos momentos. Aún hay tiempo para encontrar la solución". Magnolia se incorpora y camina al área de exhibiciones del museo. La sigo. Al ingresar a las salas, se activan las luces y pantallas de video.

MagnoliaRex mira el arte mientras que nos lleva de una exhibición a la otra. Observamos exhibiciones del movimiento Fluxus de los años setenta así como arte de las décadas de 1980 y 1990. Al final del corredor hay una pequeña entrada a una sala con poca luz. La cámara es naranja en todos sus lados y tiene un techo alto. El piso tiene una extraña textura similar al plástico. Este espacio estaba aquí cuando yo lo visité en 2013. Me quito los zapatos, voy a la sala y comienzo a saltar. Mis saltos se hacen más y más altos, y escucho un fuerte sonido chirriante. El piso naranja es un trampolín; esta es la sala trampolín.

"¡Por poco me corrieron de aquí!", digo al saltar, con las articulaciones rechinando al ritmo de mi movimiento.

"¡Jocoso!", dice MagnoliaRex, pero juzgando por su expresión, ella no planea unírseme.

"¿Abandonamos Seúl?", le pregunto.

"No podemos irnos, no lo creo, ahora no", me responde.

"¿A dónde quieres que vayamos? Podemos ir a donde sea en esta ciudad", digo mientras que dejo de saltar y me vuelvo a poner los zapatos.

Magnolia se da vuelta y camina hacia las otras exhibiciones.

"Habría sido tan divertido venir aquí contigo en 2013. Sé que estabas ocupada", le digo mientras que ella estudia el arte.

MagnoliaRex y yo pasamos la noche conversando en el Centro de Arte de Nam June Paik. De mañana, hay una tempestuosa tormenta de nieve. Caminamos rápidamente en el frío, regresamos al subterráneo y tomamos la línea Yongin al parque de diversiones Everland. Al explorar, MagnoliaRex activa una vieja grabación holográfica de un grupo Kpop. Con eso obtengo la mayor sonrisa que le he visto en un rato.

Andamos en el subterráneo de Everland al Parque Dongdaemun. Hay robots fallecidos y partes mecánicas esparcidas a lo ancho del área de Parque Cultural.

"¿Qué ocurrió", pregunto.

"Los robots... Cuando el clima comenzó a cambiar, ya no se les pudo componer. No estos androides, ni aquellos que trabajan manteniendo el funcionamiento de nuestros cerebros y pensamientos. Es por eso que se está acabando", me dice.

"¿Cómo es que tú sabes todas estas cosas y yo no? ¿Pues que no he estado muerto más tiempo que tú?", le pregunto.

"Soy de una generación más reciente que tú, Jeffrey. Tú eres tan solo un poquito pasado de edad o naciste con algo de anticipación", responde MagnoliaRex.

"Ya, eso creo. Tal vez eso no importa tanto. Aquí estamos juntos", le respondo.

"No te preocupes por ello. Te amo", dice MagnoliaRex.

Yo asiento y la abrazo.

"Aún no es el fin; ¿cuánto tiempo hay?", le pregunto.

"¿Una semana?" dice ella.

Nos subimos al subterráneo de Seúl, cambiamos a la Línea 6 y terminamos en la estación de Noksapyeong. La salida es por demás confusa, ya que hay demasiadas vueltas y además un bizarro globo arriba. Volteo hacia arriba y veo una estructura circular con luces y paneles en movimiento. La arquitectura revela las otrora maravillas de la automatización en el mundo antes de los problemas con el clima. En los portales de salida de la estación, está abierta una unidad de control para un subsistema de energía robótica. MagnoliaRex presiona varios interruptores y se descubren más tableros. Se abren puertas y el diseño redondeado del techo gira. De repente, todo se detiene y sale humo de los controles, como si un circuito hubiese fallado.

"Todos deben de estar muy ocupados con el clima para ocuparse del arreglo de estos mecanismos; estos ya no pueden auto arreglarse más", dice MagnoliaRex.

"¿Estás segura de que no podemos componer a los robots desde aquí? Debe de haber una solución. Si podemos hacer que tan siquiera un robot componga a los otros robots, podremos volver seguramente a ver caricaturas, ¿cierto?", le pregunto a MagnoliaRex.

"De verdad quisiera que fuera así de fácil; deberías haberte graduado en ingeniería robótica en vez de política", me dice ella, fanfarroneando.

"Estamos en Seúl; ¿hay aquí alguna clase de instituto de ciencias?", pregunto.

"¿La Universidad Nacional de Seúl? Tal vez ahí", me responde MagnoliaRex.

Vamos por un tren al sur cruzando el Río Han a la Estación de la Universidad Nacional de Seúl. MagnoliaRex y yo buscamos en el campus y ella nos dirige al Departamento de Ciencia Ambiental. Hay computadoras, un muro entero con monitores con lectura de satélites, formaciones ambientales, nubes y señales del espacio. MagnoliaRex ajusta la configuración para mostrar video en vivo de todo el mundo. Cae granizo en África, en Sudamérica hay aluviones, y Asia está cubierta casi totalmente por nieve y hielo. Con excepción de Moscú, el mundo no tiene personas o animales.

"Esto no es la vida real, no es el mundo allá afuera, ¿cierto?", le consulto a MagnoliaRex.

"En parte. No puedes comprenderlo todo. Yo tampoco, aunque algo más que tú", me indica.

"¿Por qué Seúl, además del sueño y todo eso? ¿Cómo podemos llegar a California, a la escultura?", le pregunto.

"Bien, sí, podemos intentarlo", espeta MagnoliaRex, mientras descifra mis pensamientos. Ella toca paneles de la estación de trabajo y busca el Parque Tongva en Santa Mónica, donde se ubica la escultura "Weather Field No. 1" de Iñigo Manglano-Ovalle. En la pantalla aparece una imagen borrosa, en gris oscuro.

"¿Cuál es el problema?", le pregunto.

"Deben de haber nubes o interferencia. No me llega una buena imagen", responde MagnoliaRex.

"¿Contamos con radar para usar, telemetría, algo?", le pregunto.

"Podríamos usar luz reflejada para obtener una imagen mejorada", dice MagnoliaRex. Ella se cambia a un nivel de estaciones de trabajo y las programa para disponer a un conjunto de satélites posicionando luz hacia la bahía del Océano Pacífico en California. Momentos después aparecen algunas figuras en la pantalla, nada discernible empero.

"¿Acercamiento?", le inquiero.

"El procesamiento digital de las sombras podrá darnos cierto detalle, pero eso tomará algo de tiempo", me responde. MagnoliaRex ahora digita nuevos comandos y se activa un conjunto de pantallas. El progreso computacional es lento conforme vemos la alineación de un plano coordenado en las imágenes borrosas de California.

"¿Cuánto tiempo pasará hasta que obtengamos una imagen más nítida?", le pregunto.

"Un día, tal vez dos", me responde MagnoliaRex. Ella dice que va a visitar el Departamento de Música por el momento. Si todo va a terminar en una semana, ella quiere desbocar su pasión creativa. Le digo que permaneceré ahí y le diré si noto cualquier cosa.

Mientras se figura lentamente la pantalla con la imagen de California, busco video satelital de otras ubicaciones alcanzables. Escudriño los distritos de Nueva York; la tierra y el agua están congeladas. Me muevo más allá del Puente de Brooklyn y noto un canal verde de hierro desde abajo. Esta agua aquí se nota extremadamente familiar, pero no recuerdo por qué. Un poco más de inspección me trae artículos sobre el proyecto de arte de Olafur Eliasson: "New York City Waterfalls", "Las Cascadas de Ciudad de Nueva York" de 2008; esto aparentemente ha resurgido al paso del tiempo.

Exploro los continentes para así encontrar una concentración de actividad climática en el Lago Neuchatel en Yverdon-les-Bains, Suiza. Hay imágenes del Edificio Blur, creado en 2002 por Elizabeth Diller y Ricardo Scofidio. Es un edificio que aparenta haber sido construido de niebla, pero la estructura ahora es hielo sólido.

Al lado del Observatorio Interferómetro de Ondas Gravitacionales -- LIGO en Livingston, Louisiana, se aprecia la creación de Charles Sowers: "Wave Wall" — "Pared Onda". La feroz lluvia y los vientos, como de huracán, causan que las ciento veintidós vigas de péndulo se muevan impredeciblemente.

Una imponente formación de hielo y nieve rodea a la escultura "WAVE" de Greyworld en el Centro Copérnico de Varsovia, Polonia. Esa obra de arte pública, activada por sonido y voces, sigue estática. El cielo es más alto que cualquier rascacielos y me recuerda que los científicos alguna vez propusieron construir un elevador al espacio.

En Sydney, Australia, "Halo," diseñada por Jennifer Turpin y Michaelie Crawford, da vueltas a gran velocidad. El movimiento del inclinado y suspendido anillo de carbón amarillo se ve como un Saturno animado. La lluvia y el granizo llenan el parque que la rodea.

Me pregunto si MagnoliaRex ha imaginado estos patrones de clima y que esto es obra de su mente, o si de alguna manera estas piezas de arte de instalación están relacionadas con el clima y la descompostura de los robots. Al inspeccionar cada ubicación, el sistema mantiene un monitor abierto de las transmisiones de las esculturas individuales. Aun no comprendo por qué el video de "Weather Field No. 1" de Manglano-Ovalle en California está oscuro.

Me percato de que han pasado días sin que yo pegue el ojo. Tal vez ya no se necesita el descanso. Contemplo las escenas de estas esculturas que han resurgido en el tiempo. ¿Es que han vuelto a aparecer para reunirse con este nuevo clima? ¿Esta fue la intención de los artistas desde un principio? Contra la costumbre, me da sueño y me acurruco para dormir la siesta.

Al dormir, vuelvo a soñar. MagnoliaRex está sentada, concentrada en escribir música, sabiendo que este momento siempre nos acechaba. Hay un poco de tiempo restante para nosotros; bueno, tal vez una semana. ¿Es suficiente una semana? Mucho puede pasar en una semana, ¿verdad? ¿Qué, si ella está equivocada y el fin viene antes? En este sueño, repito mi búsqueda de satélites para encontrar las esculturas. ¿Había omitido algo en la exploración? ¿Podemos prevenir el fin de esta vida?

Siento una mano tibia a mi lado; es MagnoliaRex.

"Jeffrey, ¿qué es esto?", me pregunta, señalando las nuevas esculturas en las pantallas.

"Pensé que de no poder ver "Weather Field No. 1" en California, podía buscar en otras partes. Estas son otras obras de arte. Hasta ahora tenemos a Suiza, Nueva York, Louisiana, Sydney, y Polonia; todas tienen patrones de clima diferentes e inesperados. Mira la columna de hielo en Varsovia. Sorprendente", le digo.

"¿Puedes hacer alguna otra cosa?", pregunta Magnolia-Rex.

"Hmm… Podríamos enviar láseres. Drones, de haberlos aún funcionando. ¿Derretir el hielo?", le replico.

"Eso podría ser un espectáculo interesante, pero no creo que remedie algo", me contesta.

MagnoliaRex se ve relajada. Si ella acaso sabe que el fin está cerca, no está conflictuada; tal vez la dedicación a su música le ha otorgado cierta paz.

"Tuve un sueño; toda tu cabeza se moldeaba en forma de corazón. ¡Una cabeza corazón perpetua!", le digo.

Ella me ve azorada y saca la lengua.

"He estado refinando una canción, pero los teclados no funcionan. ¡Ayúdame por favor!", dice Magnolia.

"Jamás he arreglado un sintetizador, pero me encantaría ver tu creación", le respondo.

MagnoliaRex me lleva al departamento de Música. Hay un arreglo conectado de instrumentos electrónicos y dispositivos en racks. No puedo descifrar dónde empieza uno y termina el otro.

"Ponte de pie ahí. Intento hacer funcionar este dispositivo y necesito tu asistencia para corregirlo. Mira la pantalla allá y léeme los mensajes de error conforme salgan", me dice MagnoliaRex.

Voy a la pantalla y veo un patrón de colores de prueba.

"Nada", le reporto.

"¿Y ahora?", pregunta. De repente, veo palabras moviéndose. Comienzo a leerlas.

"Sintetizador Spirulina — Prueba de Sistema. Ansan Valley Industries. Verificación de Onda, Oscilador, Sierra, Triángulo, Pulso, Seno, Prueba Vocal. Sobre el puente de Aviñón todos bailan, todos bailan. Cuatro score y hace veinte años. Error de Entrada, Control de Sensor", leo tal cual de la pantalla. Conforme lo hago, la sala se llena de pulsos de sonido digital, y luego todo calla. MagnoliaRex conecta cables adicionales. Una voz mecanizada canta, replicando mis sílabas.

"¡Excelente, Jeffrey! Lo encontraste; el sensor de entrada estaba apagado. Ya está en línea y todo debe de ir bien", me dice, poniéndose sus audífonos y progresando en el arreglo de la melodía.

Busco más esculturas mientras que MagnoliaRex sigue en el Departamento de Música. A menudo ella me pide que diagnostique los sintetizadores mientras se concentra en su nueva diversión musical.

Días después, el procesamiento de computadora concluye y las pantallas muestran el video mejorado desde California. Veo claramente el "Campo Climático Núm. 1", una colección de cuarenta y nueve postes de acero de veinte pies de altura con paletas del clima y anemómetros giratorios para medir metafóricamente la velocidad y dirección del viento. Una formación rocosa rojiza rodea a la escultura. A lo largo del "Campo Climático Núm. 1" hay un edificio que parece ser una estación de energía a media demolición. Veo humo, chispas y un arco de energía vívido que parece trueno, fluyendo entre la estación de energía y la escultura.

Cuando MagnoliaRex regresa, le muestro las imágenes mejoradas de California. Ella reconoce el edificio como un complejo energético que mantiene vivos nuestros cerebros. La formación rocosa es un meteoro que ha dañado al generador, causando su desperfecto, desviando su energía a la escultura.

"Tal vez tengamos cuatro días más. ¿Hay algo que podemos hacer para separar la parte funcional del generador del meteoro y de "Campo Climático Núm. 1"?", pregunta MagnoliaRex.

"Si usamos láseres, podríamos destruir el generador", observo.

MagnoliaRex necesita algo más de tiempo para pensar. Ella quiere que yo asiente una nota de diario. Ella no está segura de que alguna de nuestras estrategias nos logre mantener vivos. Ella regresa al Departamento de Música.

Investigo las modificaciones técnicas requeridas para transponer la concentración de múltiples arreglos láser satelitales de forma que puedan desintegrar al meteoro. Los rayos, optimistamente, desligarán al generador del "Campo Generador Núm. 1". De componer este estropicio eléctrico, posiblemente los robots comenzarán la labor de reparación mutua y el clima volverá a la normalidad.

MagnoliaRex regresa en un par de horas. Le agrada la idea de usar láseres, pero no está tranquila porque tomará al menos un día y los resultados aún podrían ser inciertos. Trabajamos en la computadora e identificamos los arreglos que, de reposicionarse, tendrían impacto. Al considerar el clima y las capacidades de los diversos satélites involucrados, de varias décadas de antigüedad, el tiempo estimado para consolidar la intensidad de láser requerida es de unos dos días, y eso es aproximadamente el tiempo que nos queda.

MagnoliaRex y yo evaluamos los satélites láser más sofisticados; muchos de estos ya no están funcionando. Algunos fuera de uso se pueden reactivar. Incluso si estos no tienen suficiente potencia por sí mismos, tal vez en conjunción, puedan vaporizar la roca meteoro.

Estoy algo incómodo, porque mi conocimiento técnico es limitado, pero el trabajar con MagnoliaRex me tranquiliza. Juntos estamos en un juego de fichas extendido en el tiempo. Detecto un láser y comando su identificación. Este envía señales de autenticación y le ordeno resumir su estatus y así ver si es operacional. Tras un día de hacer ensayos de prueba de los arreglos, tenemos control de ochenta y seis láseres funcionales.

Los satélites están colocados para que nosotros activemos los rayos, y esperemos, vaporicen la roca meteoro que causa la interrupción entre el generador de energía y el "Campo Climático Núm. 1". MagnoliaRex teclea los comandos para arrancar los arreglos, enviando láseres a California.

En la pantalla de video, vemos a los distantes rayos concentrar luz en el meteoro. Hay unos cuantos impactos y nubes de humo conforme la roca se quema y evapora. La escultura rota sus anemómetros reflejando los láseres uno contra otro, y finalmente más allá de las paletas climáticas. Los rayos reflejados iluminan los altos postes, lo que crea un brillante espectáculo en las nubes cercanas.

Las imágenes de Nueva York, Suiza, Louisiana, Polonia y Sydney muestran todas nuevas transformaciones. Estas ubicaciones ahora tienen rayos de láseres redirigidos en la mira. Es como si "Weather Field No. 1" tuviese inteligencia artificial y se defendiera de nuestros intentos de separarle del generador de energía. Me impresiona ver la sinergia entre "Weather Field," los láseres, y estas esculturas.

MagnoliaRex y yo intentamos por horas revisar los protocolos de rayos para alejar los rayos de la escultura, pero no podemos recuperar el control. MagnoliaRex está contrariada por nuestra falta de progreso y regresa al Departamento de Música.

Yo me quedo e intento una diversidad de patrones de secuencias de comandos. Los arreglos satelitales ahora están controlados por la señal remota de lo que asumo, es la escultura. Después de varias horas de probar mensajes de autenticación, veo un apagón en las señales desde California; ya no puedo ver al "Weather Field No. 1".

En el Departamento de Ciencia Ambiental, escucho truenos y veo lluvia y relámpagos en la ventana cerca de mí. La caída de lluvia en Seúl derrite la nieve, así que debe de estarse calentando. Las luces del techo parpadean y se atenúan. Escucho un tono fuerte pero tranquilizador, y aparece una iluminación suave desde el corredor.

Corro al Departamento de Música para contarle a MagnoliaRex que hemos perdido visión de la escultura de California, pero en vista de las tormentas y el apagón energético, eso ha de ser lo que menos debiera preocuparnos. MagnoliaRex y yo trepamos al piso superior en la Universidad. En el cielo vemos un gran rayo láser azul apuntando a alguna parte en el norte, en el centro de Seúl.

"¿Dónde pegó?", pregunta ella.

Vamos al Departamento de Astronomía y encontramos los controles del arreglo Observatorio de Radioastronomía de Daeduk. MagnoliaRex activa una fuente de energía de emergencia y descubre que la luz proviene de California y está alineada con la azotea del Museo Nacional de Arte Contemporáneo de Seúl.

He visto fotos del museo pero jamás lo había visitado. La escultura de Nam June Paik nombrada "Dadaikseon (Más es Mejor)" se ubica ahí. "Dadaikseon," una torre de televisiones y arte de video, se creó para celebrar las Olimpiadas de 1988. "Weather Field No. 1" nos apunta directamente. Una red de esculturas y láseres interconectados ahora nos lleva más profundo hacia Seúl.

MagnoliaRex me recuerda que solo nos quedan unas cuantas horas. Coloca muchos ítems de equipo musical en su bolso y estamos listos para salir afuera. El Tren Línea 1 nos lleva de la Universidad a la Línea 3, donde transbordamos en Jongno y en la salida de Ankuk. MagnoliaRex y yo tomamos el peligroso camino por la lluvia y nieve derritiéndose al Museo Nacional de Arte Moderno y Contemporáneo. Los truenos resuenan fuertemente en los edificios cercanos, cosa que me espanta. Nos apresuramos de la estación al museo, evitando los charcos insalvables, pero aun así acabamos fríos y empapados.

Dentro del museo, el rayo se concentra en la ventana sobre la escultura "Dadaikseon" de Paik. Sorprendentemente, los láseres no la destruyen. Los rayos energizan al monumento de forma que cada uno de los mil y tres monitores de video se llenan de imágenes. Dentro del arte de video de Nam June Paik para "Dadaikseon", vemos video en vivo de las esculturas de Nueva York, Suiza, Louisiana, Polonia y Sydney de las transmisiones satelitales que programé en la Universidad. "Weather Field No. 1" funciona como una máquina de aprendizaje, combinando entradas para crear una variedad visual.

"No estoy segura de su propósito, pero solo nos quedan unos minutos, tal vez una hora. Quiero que escuches algo", me dice MagnoliaRex. Ella me lleva por el corredor alrededor de "Dadaikseon" hacia la planta baja y me pone sus audífonos en mis oídos. MagnoliaRex activa la reproducción de un dispositivo y yo escucho música. Es una canción refrescante y enormemente revolucionaria. Escucho una fusión de vocales, algo que reconozco como mi propia voz; las otras deben de ser de ella. Ella ha transformado mi voz en algo melodioso y afinado, completamente diferente a mis intentos naturales por cantar.

Veo a MagnoliaRex mientras que escucho y me estremezco con la música. Ella sonríe. Mi ayuda al arreglar los sintetizadores no fue más que un ardid para grabar mi voz. Soy tan inocente. Me abraza y me acerca.

Igual que el amor, Kafka en la orilla, dos almas a Seúl
Vida palaciega, cat–hat, perrito, regalito, juego de béisbol
Pies dolientes hasta caer
Noctívaga tristeza y soberbia lesión
Mañana del pescador viendo amanecer
Dos conejos separados, saltan el trampolín
Sueño compartido de ver el mundo a lo lejos
Nuestro Último Festival Musical de Ansan Valley.

La canción continúa y, con cada compás, la música se hace más rápida e impredecible. MagnoliaRex ha destilado nuestros esfuerzos de los últimos días en Seúl en un elixir musical puro. Me abraza conforme la pista se hace una remezcla de sí misma, combinando y transitando entre diversos ritmos y géneros. Me quito los audífonos pero aún puedo escuchar la música.

"¿Cuánto tiempo nos queda juntos?", le pregunto a MagnoliaRex.

Ella apunta a los miles de televisores de "Dadaikseon". Las pantallas muestran la escultura "WAVE" de Greyworld en Polonia. La escultura se mueve como respondiendo a nuestras voces en la canción.

"De ser el fin del mundo, no hay duda de que es mejor aquí contigo ahora", le digo a MagnoliaRex e intento sonreír con optimismo.

Ella me toma nuevamente y me agradece nuestras aventuras en este más allá virtual. "Dadaikseon" parpadea conforme los televisores nuevamente reciclan videos de las esculturas de clima de todo mundo.

"Jeffrey, ¿sabes qué día es?" pregunta MagnoliaRex.

"Sigue siendo enero, ¿no?", le respondo.

"25 de enero, 11:59 P.M.", dice MagnoliaRex a la vez que yo comienzo a reconocer el significado.

"¿El cumpleaños de Irving R. Feldman? ¿El Día de Australia?"

"Bon voyage, Jeffrey! ¡Pásala de maravilla!"

EPÍLOGO

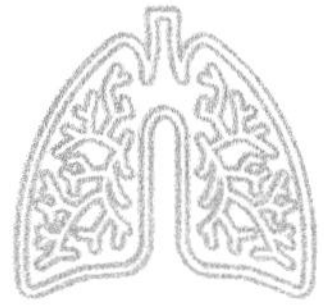

EN LOS ÚLTIMOS AÑOS, la escritura de este libro ha sido para mí una meta y una labor de amor. Gracias por comprar y/o leerlo. Espero que te inspire en cualquier proyecto que decidas acometer.

Doy las gracias especialmente a todas las personas que me alentaron y ayudaron a leer y escribir. Esto incluye a mis padres y a un sinfín de maestros. Gracias a los editores y diseñadores que me ayudaron a dar dirección y hacer de esta una labor mejor lograda. Gracias al traductor Ernesto Garcia. Gracias a Teresa Galarza, Editora.

Carey Lander, el tecladista del grupo Camera Obscura, murió en 2015 a causa de cáncer óseo. Por favor, considera hacer una donación a http://sarcoma.org.uk/ o http://www.cancer.org/.

Jeffrey Brick
Diciembre, 2016

DESCARGO

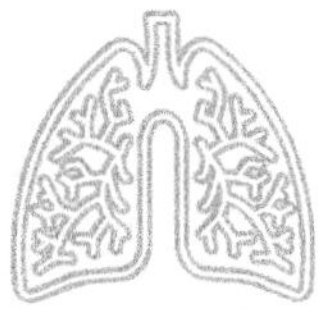

Para los capítulos de no ficción (2013-2015) he intentado recrear eventos, lugares y conversaciones a partir de mis memorias. Para mantener el anonimato, en ciertas instancias he cambiado los nombres de individuos y lugares, y algunas características y detalles identificativos tales como propiedades físicas, ocupación y sitios de residencia.

Para los capítulos de ficción, los nombres, personajes, negocios, lugares, eventos e incidentes se deben ya sea a la imaginación del autor, o se usan de forma ficticia. Cualquier parecido con personas reales, vivas o muertas, o eventos reales es mera coincidencia.

9 780999 881305 9